선생님과 함께 읽는 돌다리

물음표로 찾아가는 한국단편소설 13

선생님과 함께 읽는

돌다리

서울국어교사모임 지음 ㅣ 민은정 그림

Humanist

'물음표로 찾아가는 한국단편소설' 시리즈를 펴내며

문학 교육은 아이들이 꿈을 꾸게 하기 위해 필요합니다. 그러나 요즘의 문학 교육은 참고서와 문제집을 통해서만 이루어지고 있습니다. 그래서 문학 수업은 엉뚱한 상상도 발랄한 질문도 없는 밍밍하고 지루한 시간이 되어 버렸습니다. 상상의 여지가 사라지고 질문이 없는 수업은 아이들을 질리게 하고 문학을 말라 죽게 합니다. 그렇다면 어떻게 해야 문학 교육을 살릴 수 있을까요?

무엇보다 학생들이 스스로 생각을 열어 질문을 만들 수 있게 해야 합니다. 매우 상식적인 일이지만, 우리 교육 환경에서는 잘 이루어지기가 어렵습니다. 그래서 전국국어교사모임은 학생들이 스스로 생각을 열고 엉뚱한 상상과 발랄한 질문을 할 수 있는 마중물을 붓기로 했습니다. 이는 말라 버린 문학뿐 아니라 아이들의 메마른 마음에도 물을 붓는 일이 될 것입니다.

교과서에 실린 의미 있는 작품을 골랐습니다 중·고등학교 국어 교과서나 문학 교과서에 실린 단편소설 가운데 오랫동안 많은 사람들에게 널리 읽힌 작품을 골랐습니다. 교과서에 실렸다는 것은 중·고등학생들에게 유용한 작품이라는 것이고, 오래 널리 읽혔다는 것은 재미나 감동, 그리고 생각거리 면에서 어느 하나는 사람들의 마음에 들었음을 뜻하기 때문입니다.

전국의 학생들에게 물었습니다　전국에 있는 수많은 학생에게 소설을 읽혀 보고, 그들이 궁금해하는 것을 모았습니다. 그러고 나서 의미 있는 질문거리들을 일정한 방식으로 배열했습니다.

현직 국어 선생님들이 물음에 답했습니다　전국의 국어 선생님 100여 분이 다양한 책과 논문을 살펴본 다음 질문에 대한 답을 했습니다. 이런 과정을 통해 보다 보편적인 작품의 의미에 접근하고자 했습니다.

교육 과정과의 연관성을 고려했습니다　수업 현장에서 또는 학생 스스로 이용할 수 있도록 했습니다. '깊게 읽기'에서는 인물, 사건, 배경, 주제 등 작품과 직접 관련되는 내용을 다루었으며, '넓게 읽기'에서는 작가, 시대상, 독자 이야기 등을 살펴볼 수 있도록 했습니다.

'물음표로 찾아가는 한국단편소설' 시리즈는 다양하고 깊이 있는 생각을 이끌어 낼 수 있는 소설 감상의 안내서 구실을 할 것입니다. 또한 작품에 대한 해석과 이해의 차원을 넘어서 문화적·사회적·역사적 정보를 폭넓고 다양하게 제시함으로써 문학 감상 능력을 향상시켜 줄 뿐만 아니라, 문학과 가까워질 수 있는 기회를 제공해 줄 것입니다.

전국국어교사모임

머리말

여러분은 'OOO도 두드려보고 건너라.'라는 속담을 들어본 적이 있나요? OOO에 들어갈 말은 무엇일까요? 맞아요. 이 책에서 다룰 소설 제목과 똑같은 '돌다리'입니다. 단단해서 흔들리지 않을 것 같은 돌다리도 '혹시나' 하는 마음으로 똑똑똑 두드려보고 확인하며 신중하게 건너라는 뜻이지요. 이 책은 〈돌다리〉라는 소설을 읽어보면서 먼저 똑똑똑 두드려본 선생님들이 여러분이 궁금해할 내용을 안내해 주기 위해 쓰였어요.

우리를 둘러싸고 있는 시간과 공간이 우리 삶에 많은 영향을 미치고 있다는 걸 알고 있나요? 그래서 같은 공간과 시간 속에서 살아가는 사람들 사이에 세대 차이가 생기기도 하고, 같은 시간 속 다른 공간에서 살아가는 사람들 사이에 문화 차이가 생기기도 하지요. 작가가 꾸며낸 이야기인 소설에 등장하는 사람들도 특정한 공간과 시간에서 살아가며 여러 영향을 받아요. 〈돌다리〉는 1930년대 강원도를 배경으로 하고 있어서 우리와 많이 다른 삶의 모습이 나타납니다.

이 소설에는 아버지와 아들이 등장합니다. 소설 속 아버지와 아들은 어떤 인물이고, 어떤 갈등을 왜 겪게 되는지, 그리고 문제를 어떻게 해결하는지를 살펴보면서 작가가 전하고자 하는 뜻을 알아보려고 해요. 작품을 충분히 이해하고 나면, 이 소설을 쓴 작가의 삶과 시대적 상황, 함께 읽으면 좋을 작품들, 작가와 관련된 문학 유산 답사까지 풍성하게 알아보면서 〈돌다리〉에 대한 이해의 폭을 한층 넓힐 수 있을 것입니다.

소설 한 편을 혼자서 뚝딱 읽어낼 수도 있지만, 읽는 것에 그치기보다는 작품을 제대로 이해하고 그 의미와 가치를 온전히 받아들일 수 있다면 더할 나위 없을 것입니다. 이제 작품을 따라, 작품을 읽고 던지는 물음과 그 답변을 따라, 작품과 관련한 다양한 정보를 따라 〈돌다리〉를 깊고 넓게 만나기 위한 여행을 떠나볼까요?

2024년 4월

김재우, 백금자, 전은영, 정덕현

차례

돌다리

이태준

정거장에서 샘말 십 리 길을 내려오노라면 반이 될락 말락 한 데서부터 샘말 동네보다는 그 건너편 산기슭에 놓인 공동묘지가 먼저 눈에 띈다.

창섭은 잠깐 걸음을 멈추고까지 바라보았다.

봄에 올 때 보면 진달래가 불붙듯 피어 올라가는 야산이다. 지금은 단풍철도 지나고 누르테테한 가닥나무들만 묘지를 둘러, 들지 않아도 적막한 버스럭 소리만 울릴 것 같았다. 어느 것이라고 집어낼 수는 없어도, 창옥의 무덤이 어디쯤이라고는 짐작이 된다. 창섭은 마음으로 '창옥아!' 불러보며 묵례를 보냈다.

다만 오누이뿐으로, 나이가 훨씬 떨어진 누이였었다. 지금도 눈에 선하다. 자기가 마침 방학으로 와 있던 여름이었다. 창옥은 저녁 먹다 말고 갑자기 복통으로 뒹굴었다. 읍으로 뛰어 들어가 의사를 청해 왔다. 의사는 주사를 놓고 돌아갔다. 그러나 밤새도록 열은 내리지 않았고 새벽녘엔 아파하는 것도 더해갔다. 다시 의사를 데리러 갔으나 의사는 바쁘다고 환자를 데려오라 하였다. 하라는 대로 환자를 데리고 들어갔으나 역시 오진을 했었다. 다시 하루를 지나 고름이 터지고 복막이 절망적으로 상해버린 뒤에야 겨우 맹장염인 것을 알아낸 눈치였다.

그때 창섭은 자기도 어른이기만 했으면 필시 의사의 멱살을 들었을 것이었다. 이런 누이의 허무한 죽음에서 창섭은 뜻을 세워, 아버지가 권하는 고농을 마다하고 의전으로 들어갔고, 오늘에 이르는 맹장 수술로는 서울서도 정평이 있는 한 권위자가 된 것이다.

'창옥아, 기뻐해 다구. 이번에 내 병원이 좋은 건물을 만나 커지는 거다. 개인 병원으론 제일 완비한 수술실이 실현될 거다. 입원실 부족도 해결될 거다. 네 사진을 크게 확대해 내 새 진찰실에 걸어 노마……'

창섭은 바람도 쌀쌀할 뿐 아니라 오후 차로 돌아가야 할 길이라 걸음을 재우쳤다.

길은 그전보다 넓어도 졌고 바닥도 평탄하였다. 비나 오면 진흙에 헤어날 수 없었는데 복판으로는 자갈이 깔리고, 어떤 목은 좁아서 소바리가 논으로 미끄러져 들어가기 십상이었는데 바위를 갈라내어서까지 일매지게 넓은 길로 닦아졌다. 창섭은 '이럴 줄 알았더면 정거장에서 자전거라도 빌려 타고 올걸.' 하였다.

눈에 익은 정자나무 선 논이며 돌각담을 두른 밭들도 나타났다. 자기 집 논과 밭들이었다. 논둑에 선 정자나무는 그전부터 있던 것이나 밭의 돌각담들은 아버지께서 손수 쌓으신 것이다.

창섭의 아버지는 근검으로 근방에 소문난 영감이다. 그러나 자기 대에 와서는 밭 하루갈이도 늘리지 못한 것으로도 소문난 영감이다. 곡식값보다는 다른 물가들이 높아졌을 뿐 아니라 전대(前代)에는 모르던 아들의 유학이란 것이 큰 부담인 데다가,

"할아버니와 아버니께서 나를 부자 소린 못 들어도 굶는단 소린 안 듣고 살도록 물려주시구 가셨다. 드륵드륵 탐내 모아선 뭘 허니? 할아버니께서 쇠똥을 맨손으로 움켜다 넣으시던 논, 아버니께서 멍덜을 손수 이룩허신 밭을 더 건 논으로 더 기름진 밭이 되도록 닦달만 해가기에도 내겐 벅찬 일일 게다."

하고 절용해 쓰고 남는 돈이 있으면 그 돈으로는 품을 몇씩 들여서까지 비뚠 논배미를 바로잡기, 밭에 돌을 추려 바람막이로 담을 두르기, 개울엔 둑막이하기……. 그러다가 아들이 의사가 된 후로는 아들 학비로 쓰던 몫까지 들여서 동네 길들은 물론 읍 길과 정거장 길까지 닦아놓았다. 남을 주면 땅을 버린다고 여간 근실한 자국이 아니면 소작을 주지 않았고, 소를 두 필이나 매고 일꾼을

세 명씩이나 두고 적지 않은 전답을 전부 자농(自農)으로 버티어왔다. 실속이 타작만 못하다는 둥, 일꾼 셋이 저희 농사 해가지고 나간다는 둥 이해만을 따져 비평하는 소리가 많았으나, 창섭의 아버지는 땅을 위해서는 자기의 이해만으로 타산하려 하지 않았다. 이와 같은 임자를 가진 땅들이라 곡식을 거둔 뒤 그루만 남은 논과 밭이되, 그 바닥들의 고름, 그 언저리들의 바름, 흙의 부드러움이 마치 시루떡 모판이나 대하는 것처럼 누구의 눈에나 탐스럽게 흐뭇해 보였다.

이런 땅을 팔기에는 아무리 수입은 몇 배 더 나은 병원을 늘리기 위해서이나 아버지께 미안하지 않을 수 없었다. 그러나 잡히기나 해가지고는 삼만 원 돈을 만들 수가 없었고, 서울서 큰 양관을 손에 넣기란 돈만 있다고도 아무 때나 될 일이 아니었다.

'아버지께선 내년이 환갑이시다! 어머니께선 겨울이면 해마다 기침이 도지신다. 진작부터 내가 모셔야 했을 거다. 그런데 내가 시골로 올 순 없고, 천생 부모님이 서울로 가시어야 한다. 한동네서도 땅을 당신만치 못 거둘 사람에겐 소작을 주지 않으셨다. 땅 전부를 소작을 내어 맡기고는 서울 가 편안히 계실 날이 하루도 없으실 게다. 아버님의 말년을 편안히 해드리기 위해서도 땅은 전부 없애버릴 필요가 있는 거다!'

창섭은 샘말에 들어서자 동구에서 이내 아버지를 뵐 수가 있었다. 아버지는 가에는 살얼음이 잡힌 찬물에 무릎까지 걷고 들어서서 동네 사람들을 부추겨 돌다리를 고치고 계시었다.

"어떻게 갑재기 오느냐?"

"네, 좀 급히 여쭤봐야 할 일이 생겼습니다."

"그래? 먼저 들어가 있거라."

동네 사람 수십 명이 쇠고삐 두 기장은 흘러 내려간 다릿돌을 동아줄에 얽어 끌어 올리고 있었다. 개울은 동네 복판을 흐르고 있어 아래위로 징검다리가 서너 군데나 놓였으나 하룻밤 비에도 일쑤 넘치어 모두 이 큰 돌다리로 통행하던 것이었다. 창섭은 어려서 아버지께 이 큰 돌다리의 내력을 들은 것이 아직도 기억에 남아 있다.

"너희 증조부님 돌아가시어서다. 산소에 상돌을 해 오시는데 징검다리로야 건네올 수가 있니? 그래 너희 조부님께서 다리부터 이렇게 넓구 튼튼한 돌루 놓으신 거란다."

그 후 오륙십 년 동안 한 번도 무너진 적이 없었는데, 몇 해 전 어느 장마엔 어찌 된 셈인지 가운데 제일 큰 장이 내려앉아 떠내려갔던 것이다. 두께가 한 자는 실하고 폭이 여섯 자, 길이는 열 자가 넘는 자연석 그대로라 여간 몇 사람의 힘으로는 손을 댈 염두부터 나지 못하였다. 더구나 불과 수십 보 이내에 면(面)의 보조를 얻어 난간까지 달린 한다한 나무다리가 놓인 뒤의 일이라 이 돌다리는 동네 사람들에게 완전히 잊힌 채 던져져 있던 것이었다.

집에 들어가니, 어머니는 다리 고치는 사람들 점심을 짓느라고, 역시 여러 명의 동네 여편네들과 허둥거리고 계셨다.

"웬일인데, 어째 혼자만 오느냐?"

어머니는 손자 아이들부터 보이지 않음을 물으신다.

"오늘루 가야겠어서 아무두 안 데리구 왔습니다."

"오늘루 갈걸 뭘 허러 오누?"

"인전 어머니서껀 서울로 모셔 갈 채빌 허러 왔다우."

"서울루? 제발 아이들허구 한데서 살아봤음 원이 없겠다."

하고 어머니는 땅보다, 조상님들 산소나 사당보다 손자 아이들에게 더 마음이 끌리시는 눈치였다. 그러나 아버지만은 그처럼 단순히 들떠질 마음이 아니었다.

아버지는 아들의 뒤를 쫓아 이내 개울에서 들어왔다. 아들은, 의사인 아들은 마치 환자에게 치료 방법을 이르듯이 냉정히 차근차근히 이야기를 시작하였다. 외아들인 자기가 부모님을 진작 모시지 못한 것이 잘못인 것, 한집에 모이려면 자기가 병원을 버리기보다는 부모님이 농토를 버리시고 서울로 오시는 것이 순리인 것, 병원은 나날이 환자가 늘어가나 입원실이 부족하여 오는 환자의 삼분의 일밖에 수용 못 하는 것, 지금 시국에 큰 건물을 새로 짓기란 거의 불가능의 일인 것, 마침 교통 편한 자리에 3층 양옥이 하나 난 것, 인쇄소였던 집인데 전체가 콘크리트여서 방화·방공으로 가치가 충분한 것, 3층은 살림집과 직공들의 합숙실로 꾸몄던 것이라 입원실로 바꾸기 용이한 것, 각 층에 수도·가스가 다 들어오는 것, 그러면서도 가격은 염한 것, 염하기는 하나 삼만 이천 원이라 지금 병원을 팔면 일만 오천 원쯤은 받겠지만 그것은 새집을 고치는 데와 수술실의 기계를 완비하는 데 다 들어갈 것이니 집값 삼만 이천 원은 따로 있어야 할 것, 시골에 땅을 둔대야 일 년에 고작 삼천 원의 실리가 떨어질지 말지 하지만 땅을 팔아다 병원만 확장해 놓으면 적어도 일 년에 만 원 하나씩은 이익을 뽑을 자신이 있는 것, 돈만 있으면 땅은 이담에라도 서울 가까이에 얼마든지 좋은 것으로 살 수 있는 것……. 아버지는 아들의 의견을 끝까지 잠잠히 들었다. 그리고,

"점심이나 먹어라. 나두 좀 생각해 봐야 대답허겠다."

하고는 다시 개울로 나갔고, 떨어졌던 다릿돌을 올려놓고야 들어와 그도 점심상을 받았다.

점심을 자시면서였다.

"원, 요즘 사람들은 힘두 줄었나 봐! 그 다리 첨 놀 제 내가 어려서 봤는데, 불과 여남은이서 거들던 돌인데 장정 수십 명이 한나절을 씨름을 허다니!"

"나무다리가 있는데 건 왜 고치시나요?"

"너두 그런 소릴 허는구나. 나무가 돌만 허다든? 넌 그 다리서 고기 잡던 생각두 안 나니? 서울루 공부 갈 때 그 다리 건너서 떠나던 생각 안 나니? 요즘 사람들은 모두 인정이란 걸 사람헌테만 쓰는 건 줄 알드라! 내 할아버니 산소에 상돌을 그 다리로 건네다 모셨구, 내가 천자문을 끼구 그 다리루 글 읽으러 댕겼다. 네 어미두 그 다리루 가마 타구 내 집에 왔어. 나 죽거든 그 다리루 건네다 묻어라…… 난 서울 갈 생각 없다."

"네?"

"천금이 쏟아진대두 난 땅은 못 팔겠다. 내 아버님께서 손수 이룩허시는 걸 내 눈으루 본 밭이구, 내 할아버님께서 손수 피땀을 흘려 모으신 돈으루 장만허신 논들이야. 돈 있다구 어디 가 느르지논 같은 게 있구, 독시장밭 같은 걸 사? 느르지논둑에 선 느티

나무는 할아버님께서 심으신 거구, 저 사랑 마당에 은행나무는 아버님께서 심으신 거다. 그 나무 밑에 설 때마다 난 그 어른들 동상이나 다름없이 경건한 마음이 솟아 우러러보군 헌다. 땅이란 걸 어떻게 일시 이해를 따져 사구팔구 허느냐? 땅 없어 봐라, 집이 어딨으며 나라가 어딨는 줄 아니? 땅이란 천지 만물의 근거야. 돈 있다구 땅이 뭔지두 모르구 욕심만 내 땅문서를 사 모으기만 하는 사람들, 돈놀이처럼 변리만 생각허구 제 조상들과 그 땅과 어떤 인연이란 건 도시 생각지 않구 헌신짝 버리듯 하는 사람들, 다 내 눈엔 괴이한 사람들루밖엔 뵈지 않드라."

"……."

"네가 뉘 덕으루 오늘 의사가 됐니? 내 덕인 줄만 아느냐? 내가 땅 없이 뭘루? 밭에 가 절하구 논에 가 절해야 쓴다. 자고로 하눌 하눌 허나 하눌의 덕이 땅을 통허지 않군 사람헌테 미치는 줄 아니? 땅을 파는 건 그게 하눌을 파는 거나 다름없는 거다."

"……."

"땅을 밟구 다니니까 땅을 우섭게들 여기지? 땅처럼 응과가 분명헌 게 무어냐? 하눌은 차라리 못 믿을 때두 많다. 그러나 힘들이는 사람에겐 힘들이는 만큼 땅은 반드시 후헌 보답을 주시는 거다. 세상에 흔해 빠진 지주들, 땅은 작인들헌테나 맡겨버리구 떡 도회지에 가 앉어 소출은 팔어다 모다 도회지에 낭비해 버리구 땅 가꾸는 덴 단돈 일 원을 벌벌 떨구…… 땅으루 살며 땅에 야박한 놈은 자식으로 치면 후레자식 셈이야. 땅이 말을 할 줄 알어봐라. 배가 고프단 땅이 얼마나 많을 테냐? 해마다 걷어만 가구 땅은 자

20

갈밭이 되니 아나, 둑이 떠나가니 아나, 거름 한 번을 제대로 넣나? 정 급하게 돼 작인이 우는소리나 해야 요즘 너희 신의들 주사침 놓듯, 애꿎은 금비만 갖다 털어 넣지. 그렇게 땅을 홀대허군 인제 죽어서 땅이 무서워서 어디루들 갈 텐구!"

창섭은 입이 얼어버렸다. 손만 비비었다. 자기의 생각은 너무나 자기 본위였던 것을 대뜸 깨달았다. 땅에는 이해를 초월한 일종 종교적 신념을 가진 아버지에게 아들의 이단적인 계획이 용납될 리 만무였다. 아버지는 상을 물리고도 말을 계속하였다.

"너루선 어떤 수단을 쓰든지 병원부터 확장허려는 게 과히 엉뚱헌 욕심은 아닐 줄두 안다. 그러나 욕심을 부려선 못쓰는 거다. 의술은 예로부터 인술이라지 않니? 매사를 순탄허게 진실허게 해라."

"……."

"네가 가업을 이어나가지 않는다군 탄허지 않겠다. 넌 너루서 발전헐 길을 열었구, 그게 또 모리배의 악업이 아니라 활인허는 인술이구나! 내가 어떻게 불평을 말허니? 다만 삼사 대 집안에서 공들여 이룩해 논 전장을 남의 손에 내맡기게 되는 게 적이 애석헌 심사가 없달 순 없구……."

"팔지 않으면 그만 아닙니까?"

"나 죽은 뒤에 누가 거두니? 너두, 이제두 말했지만, 너두 문서 쪽만 쥐구 서울 앉어 지주 노릇만 허게? 그따위 지주허구 작인 틈에서 땅들만 얼마나 곯는지 아니? 안 된다. 팔 테다. 나 죽을 임시엔 다 팔 테다. 돈에 팔 줄 아니? 사람헌테 팔 테다. 건너 용문이는 우리 느르지논 같은 건 한 해만 부쳐보구 죽어두 농군으로 태어났

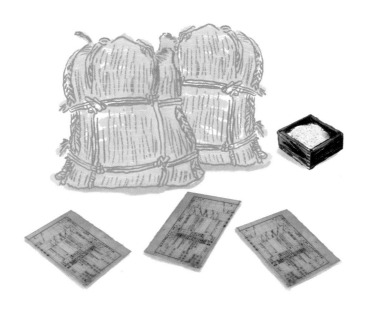

던 걸 한허지 않겠다구 했다. 독시장밭을 내논다구 해봐라. 문보나
덕길이 같은 사람은 길바닥에 나앉드라두 집을 팔아 살려구 덤빌
게다. 그런 사람들이 땅임자 안 되구 누가 돼야 옳으냐? 그러니 아
주 말이 난 김에 내 유언이다. 그런 사람들 무슨 돈으로 땅값을 한
목에 내겠니? 몇몇 해구 그 땅 소출을 팔아 연년이 갚어나가게 헐
테니, 너두 땅값을랑 그렇게 받어갈 줄 미리 알구 있거라. 그리고
네 모(母)가 먼저 가면 내가 묻을 거구, 내가 먼저 가게 되면 네 모
만은 네가 서울루 그때 데려가렴. 난 샘말서 이렇게 야인으로나 죄
없는 밥을 먹다 야인인 채 묻힐 걸 흡족히 여긴다."

"……."

"자식의 젊은 욕망을 못 들어주는 게 애비 된 맘으루두 섭섭허
다. 그러나 이 늙은이헌테두 그만한 신념쯤 지켜오는 게 있다는 걸
무시하지 말어다구."

아버지는 다시 일어나 담배를 피우며 다리 고치는 데로 나갔다. 옆에 앉았던 어머니는 두 눈에 눈물을 쭈루루 흘리었다.

"너희 아버지가 여간 고집이시냐?"

"아뇨, 아버지가 어떤 어른이신 건 오늘 제가 더 잘 알았습니다. 우리 아버진 훌륭헌 인물이십니다."

그러나 창섭도 코허리가 찌르르하였다. 자기가 계획하고 온 일이 실패한 것쯤은 차라리 당연하게 생각되었고, 아버지와 자기와의 세계가 격리되는 일종의 결별의 심사를 체험했기 때문이었다.

아들은 아버지가 고쳐놓은 돌다리를 건너 저녁차를 타러 가버렸다. 동구 밖으로 사라지는 아들의 뒷모양을 지키고 섰을 때, 아버지의 마음도 정말 임종에서 유언이나 하고 난 것처럼 외롭고, 한편 불안스러운 심사조차 설레었다.

아버지는 종일 개울에서 허덕였으나 저녁에 잠도 달게 오지 않았다. 젊어서 서당에서 읽던 백낙천의 시가 다 생각이 났다. 늙은 제비 한 쌍을 두고 지은 노래였다. 제 뱃속이 고픈 것은 참아가며 입에 얻어 문 것은 새끼들부터 먹여 길렀으나, 새끼들은 자라서 나래에 힘을 얻자 어디로인지 저희 좋을 대로 날아가 버리어, 야위고 늙은 어버이 제비 한 쌍만 가을바람 소슬한 추녀 끝에 쭈그리고 앉았는 광경을 묘사하였고, 나중에는 그 늙은 어버이 제비들을 가리켜 새끼들만 원망하지 말고 너희들이 새끼 적에 역시 그러했음도 깨달으라는 풍자의 시였다.

"흥!"

노인은 어두운 천장을 향해 쓴웃음을 짓고 날이 밝기를 기다려

누구보다도 먼저 어제 고쳐놓은 돌다리를 보러 나왔다.

흙탕이라고는 어느 돌 틈에도 남아 있지 않았다. 첫곬으로도, 가운뎃곬으로도 끝엣곬으로도 맑기만 한 소담한 물살이 우쭐우쭐 춤추며 빠져 내려갔다. 가운뎃장으로 가 쾅 굴러보았다. 발바닥만 아플 뿐 끄떡이 있을 리가 없다. 노인은 쭈루루 집으로 들어와 소금 접시와 낯 수건을 가지고 나왔다. 제일 낮은 받침돌에 내려앉아 양치를 하고 세수를 하였다. 나중에는 다시 이가 저린 물을 한입 물어 마시며 일어섰다. 속의 모든 게 씻기는 듯 시원하였다. 그리고 수염의 물을 닦으며 이렇게 생각하였다.

'비가 아무리 쏟아져도 어떤 한정을 넘는 법은 없다. 물이 분수 없이 늘어 떠내려갔던 게 아니라 자갈이 밀려 나와서 물구멍이 좁아졌든지, 그렇지 않으면 어느 받침돌의 밑이 물살에 궁굴러 쓰러졌던 그런 까닭일 게다. 미리 바닥을 치고 미리 받침돌만 제대로 보살펴 준다면 만 년을 간들 무너질 리 없을 게다. 그저 늘 보살펴야 허는 거다. 사람이란 하눌 밑에 사는 날까진 하루라도 천리(天理)에 방심을 해선 안 되는 거다…….'

- 《국민문학》 1943년 1월호에 실린 것을 바탕으로 함

가닥나무 떡갈나무.

걸다 흙이 기름지고 양분이 많다.

고농 '고등농림학교'를 줄여 이르는 말.

곬 한쪽으로 트여 나가는 방향이나 길.

궁굴다 뒹굴다. 구르다.

금비 돈을 주고 사서 쓰는 거름. 화학 비료.

논배미 논두렁으로 둘러싸인 논의 하나하나의 구역.

도시 이러니저러니 할 것 없이 아주.

돌각담 돌담. 돌로 쌓은 담.

둑막이하다 하천 따위를 막아 둑을 만들다.

멍덜 '울퉁불퉁'을 뜻하는 강원도 사투리인 '엉덜멍덜'에서 온 말. 여기서는 '울퉁불퉁하던
땅'을 이르는 말로 쓰임.

모리배 온갖 수단과 방법으로 자신의 이익만을 꾀하는 사람. 또는 그런 무리.

모판 목판. 음식을 담아 나르는 네모나게 생긴 나무 그릇.

목 길목. 길의 중요한 통로가 되는 첫머리.

묵례 말없이 고개만 숙이는 인사.

변리 남에게 돈을 빌려 쓴 대가로 치르는 일정한 비율의 돈.

사랑 마당 사랑채 앞에 있는 마당.

상돌 무덤 앞에 제물을 차려서 놓기 위해 넓적한 돌로 만들어놓은 상.

서껀 '…이랑 함께'의 뜻을 나타내는 보조사.

소바리 등에 짐을 실은 소. 또는 그 짐.

소슬하다 으스스하고 쓸쓸하다.

소출 논밭에서 나는 곡식. 또는 그 곡식의 양.

쇠고삐 두 기장 쇠고삐(소의 굴레에 매어 끄는 줄) 길이보다 두 배쯤 긴 길이. '기장'은 '길
이'의 방언.

신의 '한의'를 '구의'라 하는 것에 빗대어 '양의'를 이르는 말.

실하다 일정한 범위에 거의 도달하거나 들어찰 정도이다.

십상 열에 여덟이나 아홉 정도로 거의 예외가 없음.

양관 서양식으로 지은 집.

염두(念頭) (무엇을 시작하려는) 생각.

완비하다 빠짐없이 완전히 갖추다.

우는소리 엄살을 부리며 곤란한 사정을 늘어놓는 말.

인술 사람을 살리는 어진 기술.

임시 정해진 시간에 이름. 또는 그 무렵.

일매지다 모두 다 고르고 가지런하다.

의전 일제강점기에 '의학전문학교'를 이르던 말.

자 길이를 나타내는 단위. 한 자는 약 30.3센티미터.

자국 본디의 상태나 수준.

자기 본위 자기의 감정이나 이해관계를 기준으로 생각하고 행동하는 일.

작인 소작인. 다른 사람의 농지를 빌려 농사를 짓고 그 대가로 사용료를 지급하는 사람.

잡히다 담보로 맡기다.

장 한 부분. 네모나게 생긴 널따란 조각.

전장 개인이 소유하는 논밭.

절용하다 아껴 쓰다.

정평 모든 사람이 다 그렇다고 인정하는 평판.

재우치다 빨리 몰아치거나 재촉하다.

천생 이미 정해진 것처럼 어쩔 수 없이.

타작 거둔 곡식을 지주와 소작인이 어떤 비율에 따라 나누어 가지는 제도.

하루갈이 소를 데리고 하룻낮 동안에 갈 수 있는 밭의 넓이.

한다한 꽤 그럴싸한.

한목에 한꺼번에.

활인하다 사람의 목숨을 구하여 살리다.

후레자식 배운 것 없이 막되게 자라 교양이나 버릇이 없는 사람을 낮잡아 이르는 말.

묻고 답하며 읽는
〈돌다리〉

배경

인물·사건

작품

1_ 작품 속 배경

샘말은 어디인가요?
느르지논과 독시장밭이 뭔가요?
고농과 의전이 뭔가요?
맹장염이 죽을병인가요?
자전거를 빌릴 수 있었나요?

2_ 아버지와 아들

아버지는 어떤 인물인가요?
아버지는 왜 돌다리를 고치나요?
창섭은 어떤 인물인가요?
그때는 어떻게 의사가 되었나요?
당시 만 원은 얼마나 큰 돈인가요?

3_욕망과 신념

제목이 왜 '돌다리'인가요?
백낙천의 시는 어떤 건가요?
작가가 말하고자 하는 것은 무엇인가요?

주제

1

작품 속 배경

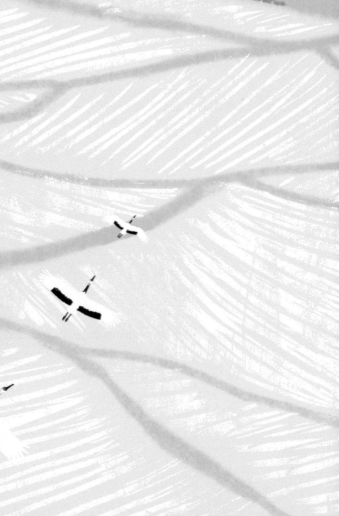

샘말은 어디인가요?

정거장에서 샘말 십 리 길을 내려오노라면 반이 될락 말락 한 데서부터 샘말 동네보다는 그 건너편 산기슭에 놓인 공동묘지가 먼저 눈에 띈다.

〈돌다리〉 맨 앞부분은 주인공 창섭이 자신의 고향인 '샘말'에 찾아오는 것으로 시작해요. 예전에는 마을 이름을 그곳의 특성이 드러나게 짓는 경우가 많았어요. 샘말도 그렇게 지은 마을 이름입니다. 언뜻 생각하면 '샘이 있는 마을'이라서 그렇게 불렀을 것 같은데, 그런 경우도 있지만 원래는 그런 뜻이 아니라고 해요.

새(사이) + 말 = 샛말〉샌말〉샘말

이처럼 샘말은 '마을과 마을 사이에 새로 생긴 마을'을 뜻하는 말로 쓰이다가 나중에는 '샘이 있는 마을'을 일컫기도 했어요. 마을과 마을 사이뿐만 아니라 자연 지형과 관련하여 산과 산 사이라든가 산과 강 사이에 있는 마을도 '샘말'이라고 불렀답니다.

이 소설의 작가인 이태준의 실제 고향은 강원도 철원군 철원읍 대마리(옛 묘장면 산명리)예요. 그는 어린 시절에 이리저리 떠돌긴 했지만, 다섯 살 때 아버지가 러시아 블라디보스토크에서 돌아가시고, 여덟 살 때 함경북도 배나루마을(현 청진시 이진동)에서 어머니마저 돌아가시면서 외할머니와 함께 철원 용담마을(현 철원군 철원읍 율이리)로 돌아와 친척집을 전전하며 살게 되었다고 해요. '용담마을'이라고 하니 아마도 큰 못이 있었나 봅니다.

소설은 보통 작가의 경험을 바탕으로 쓰이는 경우가 많아요. 뒤에 이야기하겠지만, 〈돌다리〉의 공간적 배경이 이태준의 고향인 강원도 철원이랍니다. 그렇다면 소설 속 창섭의 고향인 샘말은 이태준이 어린 시절을 보냈던 '용담마을'을 모티프로 한 것이 아닐까요? 그렇다면 '샘말'은 '사이의 마을'이 아니라 '샘이 있는 마을'이겠죠?

실제 용담마을 근처로 경원선(1914년 완공한 서울과 원산을 잇는 철도)이 지나갔는데, 1912년에 생긴 철원역이 이 마을 가까이에 있었어요. 소설 속 주인공인 창섭이 내렸던 정거장이 이 철원역이었는지도 모르겠네요. 철원역은 한국전쟁 이후 민통선에 속하게 되어 사용을 못 하게 되었어요. 그러다가 2012년에 민통선 밖의 철원읍 대마리에 '백마고지역'을 신설하게 되었지요. 2007년에 이 역을 착공할 당시, 철원문학회에서는 이 역의 이름을 '이태준역'으로 하자는 운동을 벌이기도 했대요. 이 역이 이태준의 고향과 불과 몇백 미터 정도밖에 떨어져 있지 않았기 때문입니다. 하지만 끝내 이 요구는 받아들여지지 않았어요.

느르지논과 독시장밭이 뭔가요?

"내 아버님께서 손수 이룩허시는 걸 내 눈으루 본
밭이구, 내 할아버님께서 손수 피땀을 흘려 모으
신 돈으루 장만허신 논들이야. 돈 있다구 어디 가
느르지논 같은 게 있구, 독시장밭 같은 걸 사?"

이 소설의 대화 부분에는 사투리가 많이 쓰였는데, 그 때문에 인물
들이 쓰는 말에는 낯선 단어들도 꽤 있어요. 그 중에서도 '느르지논'
과 '독시장밭'은 처음 들어보는 말일 거예요. 이 말들은 사전에도 나
와 있지 않아요.

문맥으로 짐작해 보면 좋은 논과 밭을 가리키는 말 같은데, 정확한
뜻은 무엇일까요? 인터넷에서 관련 자료를 검색해 보면 이런 내용을
발견할 수 있어요.

- 느르지논: 철원군 철원읍 사요리 일대의 기름진 논을 가리키는 말.
- 독시장밭: 철원군 철원읍 율이리 근방에 소재한 선비소(늪) 위에 있는 밭
  이름. 옛날에 이곳에서 어떤 선비가 독선생(獨先生)을 두고 글을 배웠는
  데, 여기에서 생긴 '독서당'이라는 말이 변해서 된 말이라고 함.

실제로 철원에는 '느르지'라는 지명이 있었어요. 내포리와 사요리 일대를 '느르지 지구'라고 불렀고, 외촌리에는 '느르지 양수장'도 있어요. 그렇다면 '느르지'는 무슨 뜻일까요?

'느르지'라는 말은 예전에 쓰던 지명에서 그 흔적이 발견돼요. 오늘날 화성시 송산면 신천리(新天里)를 예전에 '느르지(느루지)' 또는 '느룻천등'이라고 불렀다고 해요. '천등산에서 늘어져 죽 내려온 마을' 또는 '천등산 아래에 새로 생긴 마을'이라는 뜻으로 쓰인 듯해요. '느룻'은 '내리막'을 뜻하는 말인데, '늘어져 내려온'이나 '아래에 새로 생긴'과 그 뜻이 통하는 것 같아요. 이를 통해 유추해 보면 '느르지'는 '산에서 이어져 내려온 곳', '산 아래 새로 생긴 곳' 정도의 의미가 아닐까 싶어요.

느르지논은 기름진 논이라 벼가 아주 잘 자라요.

철원읍 사요리에는 철원평야가 내려다보이는 소이산이 있어요. 그렇다면 이 소이산 자락에 인접해 있는 논이라서 '느르지논'이라고 부른 것이 아닐까요? 철원평야는 현무암이 풍화되어 만들어진 매우 기름진 땅이라고 합니다.

'독시장밭'은 이태준의 다른 소설에 '독서당리'라는 말이 나오는 걸로 봐서, 앞의 설명이 맞는 것 같아요. 철원읍 율이리에는 현재 독서당길과 독서당교가 있고, 예전에는 독서당천과 독서당골 등 지형을 나타내는 말도 쓰였어요. 하지만 독서당과 직접적으로 관련된 흔적은 남아 있지 않다고 합니다. '선비소'라는 명칭은, 예전에 어떤 선비가 바위에 올라가서 책을 보는데 바람에 책이 날아가자 그것을 잡으려다가 소(늪)에 빠져 죽은 일에서 유래가 된 것이라고 하네요.

독시장은 '독서당'이 변한 말인 것 같아요.
독시장밭도 잘 가꾼 비옥한 밭이라 농사가 잘됐대요.

소설의 배경

〈돌다리〉의 계절적 배경은 초겨울이에요. '지금은 단풍철도 지나고 누르테테한 가닥나무들만 묘지를 둘러'라는 구절에서 알 수 있습니다. 초겨울의 황량한 분위기는 죽은 누이에 대한 창섭의 그리움과 슬픔, 안타까움을 효과적으로 드러내 주고 있어요.

소설을 이루는 주요 요소인 배경은 등장인물이 속해 있는 시간과 장소를 의미합니다. 어떤 등장인물도 시간과 장소 없이는 형상화될 수 없으므로 배경은 소설에서 꼭 필요한 요소입니다.

① 배경의 종류와 역할

배경의 종류로는 무엇이 있을까요? 시간적 배경과 공간적 배경이 있습니다. 시간적 배경은 등장인물이 살아가는 시대와 시간을 말합니다. 시간적 배경의 경우, 작품 내에 별다른 단서가 없다면 작품 발표 당시를 시간적 배경으로 생각하면 돼요. 공간적 배경은 등장인물이 활동하는 장소를 말합니다.

소설에서 배경은 어떠한 역할을 할까요? 먼저, 작품의 전반적인 분위기를 조성합니다. 그리고 인물이 처한 현실을 상징적으로 드러내는 역할도 해요. 또 인물의 심리 상태나 인물을 둘러싼 분위기를 형성하기도 합니다. 그리고 주제를 이끌어 내거나 부각하는 기능을 하기도 합니다.

② 〈돌다리〉의 배경

그렇다면 〈돌다리〉의 시간적 배경과 공간적 배경을 알아볼까요? 시간적 배경은 일제강점기예요. 〈돌다리〉는 1943년에 《국민문학》에 실린 작품입니다. 이 작품이 창작되고 발표된 시기를 고려해 볼 때, 또 '지금 시국'이라든지 '방화·방공'이라는 단어를 통해 볼 때, 1930년대로 추측해 볼 수 있습니다. 1930년대는 제1차 세계대전과 제2차 세계대전 사이의 시기로, 국내외 정세가 불안정하고 변화가 극심했던 때입니다. 공간적 배경은 강원도 철원의 한 농촌 마을이에요. 소설 속 '느르지논'과 '독시장밭'이라는 표현에서 알 수 있지요.

③ 배경의 상징성

배경이 소설에서 꽤나 중요한 역할을 하는 다른 소설 몇 편을 살펴볼까요?

임철우의 〈사평역〉은 산업화 시대를 살아가는 서민들의 고단한 삶을 잘 보여주는 단편소설로, 눈 내리는 겨울밤과 시골 간이역 대합실이 배경으로 설정되어 있습니다. 시골 간이역은 일반 역과는 달리 역무원이 없고 특급열차는 서지 않으며 완행열차만 가끔 정차하는 초라하고 조그마한 역입니다. 이러한 간이역을 배경으로 설정한 것은 산업화 시대에서 소외된 등장인물들의 삶을 상징적으로 보여주기 위한 것입니다.

손창섭의 〈비 오는 날〉은 한국전쟁 직후의 비참한 생활상을 상징적으로 보여주기 위해 비가 계속 내리는 장마철, 부산 동래 부근의 어느 외딴 마을이 배경으로 설정되어 있습니다. 이를 통해 절망이 가득한 인물들의 심리를 간접적으로 보여주고 있지요.

조세희의 〈난쟁이가 쏘아 올린 작은 공〉은 산업화 시대에 소외된 계층의 모습을 보여주기 위해 1970~1980년대의 도시 변두리를 배경으로 삼고 있습니다. 이 소설에서는 철거 계고장을 받아 여태 살아온 집을 잃게 될 처지에 놓인 난쟁이와 그 가족들이 사는 곳이 '서울특별시 낙원구 행복동'으로 설정되어 있어요. 이는 지명에 대한 반어적 기법으로, 행복하게 살고 싶은 소외된 사람들의 인간적인 바람이 더욱 애잔하게 느껴지는 효과를 주기도 합니다.

고농과 의전이 뭔가요?

이런 누이의 허무한 죽음에서 창섭은 뜻을 세워, 아버지가 권하는 고농을 마다하고 의전으로 들어갔고, 오늘에 이르러는 맹장 수술로는 서울서도 정평이 있는 한 권위자가 된 것이다.

'고농(高農)'은 '고등농림학교'를 줄인 말로, 일제가 전문학교령에 따라 설치한 전문학교 가운데 하나입니다. 전문학교는 고등보통학교 같은 중등학교 졸업생이 진학하는 상급학교로, 전문적인 지식이나 기술을 가르치던 학교를 말해요. 고등농림학교는 농업 및 임업에 관한 전문교육을 실시하던 3년제 학교였는데, 요즘으로 치면 단과대학에 해당합니다. 당시 전문학교로는 고등농림학교 외에도 고등상업학교, 고등공업학교, 고등수산학교, 고등사범학교, 의학전문학교, 음악·미술전문학교, 여자전문학교 등 다양한 학교들이 있었어요. 이 가운데 '의학전문학교'를 줄여서 '의전'이라고 했답니다.

수원 고등농림학교
대구 의학전문학교
경성 의학전문학교   경성광산
경성 고등공업학교   전문학교
부산고등 수산학교
연희 전문학교   광주의학 전문학교
이화여자 전문학교   명륜전문학교
경성 법학전문학교

구분	학교명	인가 연도	후신
관립	경성의학전문학교	1916	서울대학교 의과대학
	경성고등공업학교	1916	서울대학교 공과대학
	수원고등농림학교	1918	서울대학교 농과대학
	경성법학전문학교	1922	서울대학교 법과대학
	경성고등상업학교	1922	서울대학교 공과대학
	경성광산전문학교	1939	서울대학교 공과대학
	부산고등수산학교	1941	부경대학교
	대구농업전문학교	1944	경북대학교 농과대학
공립	대구의학전문학교	1933	경북대학교 의과대학
	광주의학전문학교	1944	전남대학교 의과대학
사립	연희전문학교	1917	연세대학교
	보성전문학교	1921	고려대학교
	세브란스연합의학전문학교	1922	연세대학교 의과대학
	숭실전문학교	1925	숭실대학교
	이화여자전문학교	1925	이화여자대학교
	경성약학전문학교	1930	서울대학교 약학대학
	혜화전문학교	1930	동국대학교
	경성여자의학전문학교	1938	고려대학교 의과대학
	숙명여자전문학교	1938	숙명여자대학교
	명륜전문학교	1939	성균관대학교

　창섭의 아버지는 대대로 고향에서 농사를 지어왔으니, 아무래도 아들이 가업을 이어가기를 바랐을 거예요. 그래서 고농으로 진학하라고 한 것이지요. 하지만 창섭은 누이동생 창옥이 의사의 오진 때문에 죽었다고 생각하고는, 자기가 의사가 되어 누이동생같이 허망한 죽음이 생기지 않도록 하겠다고 마음먹었어요. 그래서 의전을 나와서 의사가 되었고, 서울에서 맹장 수술의 권위자가 되었습니다.

　창섭이 다닌 학교는 '경성의학전문학교' 아니면 '세브란스연합의학전문학교'일 겁니다. 경성의전은 1899년 대한제국에서 설립한 경성의학교를 1916년에 조선총독부가 의학전문학교로 바꾼 거예요. 일제강점기에는 의사가 되려는 사람들이 많아서 경성의전의 경쟁률이 매우 높았다고 합니다. 경성제일고등보통학교의 최상위권 학생 대부분이 경성의전을 지망하는 해도 있었고, 일본 학생들 가운데도 조선의 관립의학전문학교에 진학하려는 이들이 많았다고 하네요.

세브란스연합의학전문학교는 제중원(광혜원)을 모체로 하며 1886
년 제중원의학당, 1899년 제중원의학교, 1909년 세브란스의학교,
1913년 세브란스연합의학교를 거쳐 1922년 전문학교로 인가를 받았
습니다. 사립학교라서 관립인 경성의전보다는 경쟁률이 많이 낮았다
고 해요.

맹장염이 죽을병인가요?

하라는 대로 환자를 데리고 들어갔으나 역시 오진을 했었다. 다시 하루를 지나 고름이 터지고 복막이 절망적으로 상해버린 뒤에야 겨우 맹장염인 것을 알아낸 눈치였다.

흔히 '맹장염'이라고 부르는 병의 정확한 명칭은 '충수염'이에요. 충수의 개구부가 막히면서 생기는 염증을 일컫는 말이지요. 충수는 소장 끝부분에서 대장으로 이어지는 부위인 맹장의 한쪽 끝에 달려 있는데, 벌레처럼 생겼다고 해서 붙여진 이름이에요.

맹장염에 걸리면 가장 흔히 일어나는 증상이 복통이에요. 오른쪽 아랫배가 심하게 아프답니다. 그리고 발열, 메스꺼움, 구토 따위의 증상도 나타나요. 그냥 두면 터져서 합병증을 일으킬 수 있기 때문에 최대한 빨리 수술을 해야 한답니다. 수술은 대부분 충수를 잘라내는 방법을 사용해요. 요즘은 배를 가르지 않고도 수술할 수 있어요.

사실 맹장염은 그 원인도 명확하지 않고 증상이 비슷한 다른 질병도 있어서, 당시에는 의사라 하더라도 정확한 진단을 내리기가 쉽지 않았을 겁니다. 정확히 진단했다 하더라도 수술을 원활하게 할 수 있는 환경이 갖추어지지 않았을 수도 있고요. 요즘이야 첨단 의료 장비

들이 있어서 병을 진단하기가 수월하지만, 당시는 환자의 증상만으로
판단해야 하는 경우가 많았을 거예요. 또 병원도 흔치 않아서 한번
병원에 가려면 시간이 꽤 걸렸을 수도 있어. 맹장염은 최대한 빨리
수술하는 게 관건인데, 그런 면에서 골든 타임을 놓치는 경우도 많았
을 겁니다.

오늘날에는 의술이 발달하여 이 소설에서처럼 맹장염 때문에 죽는 일은 거의 일어나지 않아요. 병원에서 수술을 받고 몸 관리를 잘하면 금세 정상적인 생활을 할 수가 있죠. 하지만 이 소설의 배경이 되는 일제강점기는 병원도 의사도 많지 않던 때라 소설 속 창옥처럼 맹장염으로 죽는 일이 허다했을 것 같아요. 그렇다면 맹장 수술의 권위자가 된 창섭은 수많은 생명을 살리는 일을 하고 있는 것이네요. 비록 창옥은 허망하게 죽었지만, 그 죽음이 결코 헛되지는 않았던 것 같습니다.

자전거를 빌릴 수 있었나요?

> 비나 오면 진흙에 헤어날 수 없었는데 복판으로는 자갈이 깔리
> 고, 어떤 목은 좁아서 소바리가 논으로 미끄러져 들어가기 십상
> 이었는데 바위를 갈라내어서까지 일매지게 넓은 길로 닦아졌다.
> 창섭은 '이럴 줄 알았더면 정거장에서 자전거라도 빌려 타고 올
> 걸.' 하였다.

요즘 우리가 지하철역 앞에 늘어선 자전거나 퀵보드를 빌려 타듯, 당
시도 자전거를 빌려 탈 수 있었을까요?

　우리나라에 자전거가 처음 들어온 게 구한말이라고 하는데, 누가
들여왔는지는 정확하지 않아요. 《별건곤》 1928년 2호에서는 1895년
의 사회 분위기를 다루는 글에서 "미국 망명에서 돌아온 서재필이
최초로 자전거를 탔는데……"라는 내용이 나와요. 그가 자전거를 타
고 다니는 것을 본 사람들은 자전거를 '축지차'라고 불렀다고 해요.
또 1884년에 조선에 온 미국 해군장교에 따르면, 1886년에 외국 선교
사들이 자전거를 타고 다녔다고 해요. 1893년에는 외국 의사들이 자
전거를 타고 경복궁이나 덕수궁에 왕진을 다녔다는 기록도 있어요.
고종 황제는 한 캐나다 의사가 자전거를 타는 것을 보고 "어떤 원리

로 넘어지지 않소?"라고 묻기도 했다고 하네요.

처음에는 자전거를 부르는 명칭도 다양했어요. 스스로 간다고 해서 자행거(自行車), 두 바퀴의 모습에 빗대어 안경차(眼鏡車)나 쌍륜차(雙輪車), 속도가 빨라서 축지차(縮地車) 등으로 부르기도 했답니다. 그러다 1903년에 정부에서 '자전차(自轉車)'라고 명명하고 관리들의 공무 수행을 위해 100대를 도입하게 돼요. 이때부터 자전거는 공식 운송 수단이 되어, 1905년에 자전거 안전 법규도 생겨나고 자전거를 단속하는 교통경찰도 등장했어요.

1910년 국권 피탈을 당한 뒤로 일본에서 자전거가 들어왔고, 또 전국에서 자전거대회가 열리기도 했어요. 그러면서 자전거에 관심을 가지는 사람들이 많아져, 1920년에 3,455대이던 경성의 자전거가 1924년에는 8,410대로 급격히 늘어났어요. 1929년에는 전국의 자전거가 13만 대에 이르렀다고 합니다.

1930년대에는 자전거 대리점도 많이 생겨났는데, 대리점에서는 자전거를 판매하기도 하고, 수리하기도 하고, 대여하기도 했습니다. 당시 국내에서 유통되던 자전거와 부품들은 거의 일본산이었어요. 다른 나라에서 들여온 고급 자전거도 있었지만 일본제와 가격 차가 많이 났다고 합니다. 일본제가 20~30원 내외였던 반면, 외국 고급 자전거는 100원이 훌쩍 넘는 것들도 있었어요. 그러니 아무나 자전거를 구입할 수가 없었고, 자전거를 대여해서 타고 다니는 사람이 많았다고 해요.

아무튼 소설 내용처럼 정거장에서 자전거를 빌릴 수 있었다 하더라도 아무 정거장에서나 빌릴 수 있었던 것은 아니었을 거예요. 그리고 정거장에서 직접 자전거를 빌려주는 방식이 아니라, 자전거 대리점에서 사람들이 많이 오고 가는 곳에 자전거를 놓아두고 필요한 사람들이 빌려 탈 수 있게 하는 방식으로 운영하지 않았을까 싶네요.

아버지는 어떤 인물인가요?

"네가 가업을 이어나가지 않는다군 탄허지 않겠다. …… 다만 삼 사 대 집안에서 공들여 이룩해 논 전장을 남의 손에 내맡기게 되 는 게 적이 애석헌 심사가 없달 순 없구……"

창섭의 아버지는 근검으로 근방에 소문난 영감이다. 그러나 자기 대에 와서는 밭 하루갈이도 늘리지는 못한 것으로도 소문난 영감 이다.

일제강점기인 1930년대는 전통적 사고와 가치관이 퇴조하고 근대적 사고와 가치관이 자리 잡아가는 시대였어요. 이러한 인식의 변화는, 조상 대대로 내려온 땅이라 하더라도 더 큰 이익을 위해서라면 팔아 버릴 수 있다는 생각과도 연결됩니다.

소설 속 창섭의 아버지는 조상 대대로 내려오던 땅에 농사를 지어 생계를 유지해 왔어요. 땅에 대한 애착이 강하며, 땅의 본래적 가치 를 중요하게 여기는 인물이지요. 그래서 아들이 가업을 물려받아 자 신의 뒤를 이어 농사를 지으며 살기를 바랐습니다.

또 아버지는 근검하게 살아온 것에 비해 재산은 늘리지 못한 것으로 사람들 입에 오르내리기도 했어요. 하지만 재산을 늘린다는 것이 현실적으로 어려웠던 시절이기도 했고, 당시는 곡식값보다 다른 물가가 높아져서 실질 수익이 줄어들기도 했어요. 거기다 아들의 학비도 부담해야 했지요.

하지만 그것보다 더 중요한 이유가 있어요. 아버지는 논밭을 늘리는 것보다 물려받은 땅을 기름지게 하는 데 정성을 쏟았어요. 할아버지 때부터 대대로 일궈온 논과 밭이기에 더욱 땅에 대한 애착을 가

질 수밖에 없었을 겁니다. 그래서 땅을 위해서는 자기의 이해타산을 따지지 않았죠. 창섭이 땅을 경제적 이익의 수단으로 여기며 그 금전적 가치를 중요하게 여기는 것과 대조적이라 할 수 있습니다.

"땅이란 걸 어떻게 일시 이해를 따져 사구팔구 허느냐? 땅 없어 봐라, 집이 어딨으며 나라가 어딨는 줄 아니? 땅이란 천지 만물의 근거야."

아버지는 땅이 천지 만물의 근거이자 가족의 역사와 추억이 담긴 것이라고 생각해요. 그리고 땅의 가치나 고마움을 모르고 땅을 함부로 여기는 사람들을 비판하죠. 결국 창섭도 아버지의 뜻을 받아들이게 되고, 아버지는 주어진 길에 순응하며 살겠다고 다짐하면서 소설이 끝납니다.

작가는 근대 자본주의적 가치에 충실한 창섭과 물질적 이익보다는 땅을 가꾸고 그 본래적 가치를 중시하는 아버지의 모습을 보여줍니다. 그렇다고 두 사람이 갈등하거나 관계가 나빠지는 것은 아니에요. 서로의 삶의 방식을 확인하고 인정해 주는 쪽으로 이야기가 전개됩니다. 창섭이 변화된 사회의 질서에 따라 살아가려는 젊은 세대라면, 아버지는 전통적 삶의 방식을 이어가기 위해 노력하는 이전 세대라고 할 수 있어요. 사회는 늘 이런 세대들이 함께 살아가기 마련입니다. 그들이 서로 갈등하고 무시하는 것이 아니라, 이 소설에서처럼 차이를 인정하고 서로 보듬는다면 더 나은 세상이 되지 않을까요?

가업을 이어가는 사람들

가업은 한집안이 대대로 이어서 하는 일을 뜻해요. 집안에서 해오던 일을 자손에게 물려주며 대대로 가업을 이어가는 모습은 우리 주변에서도 찾아볼 수 있어요. 오랜 전통을 자랑하는 가게들이 대체로 그렇지요.

서울시 종로구에 위치한 한 떡집은 4대에 걸쳐 100년 넘게 운영되고 있는데, 한 자리에 머물며 오랜 기간 전해지는 그 가게만의 비법으로 여전히 많은 사람의 발길이 끊이지 않고 있습니다.

또 공연 예술이나 여러 분야의 기술 역시 가업으로 이어져 내려오는 경우가 많아요. 국가에서는 우리나라만의 전통을 이어가기 위해 무형문화재를 지정하고 있답니다. 무형문화재는 주로 사람에 의해 전승되는데, 외부에서 전수자를 찾기도 하지만 특정 집안에서 대대로 자손들에게 전수되는 경우가 많습니다.

어느 TV 프로그램에서는 금을 활용하여 한복이나 장식품에 얇게 금장식을 새

기는 무형문화재 금박 기술을 보유한 분의 이야기가 소개되었어요. 조선시대 철종 때 사람인 고조할아버지로부터 160년을 지켜온 가업이었다고 해요. 출연자는 대기업을 다니다가 그만두고 그 기술을 전수받았다고 했어요.

가업으로 이어져 오는 일은 다양한 분야에 걸쳐 있어요. 그 가운데는 사람들에게 관심을 받고 부와 명예를 누리며 좋은 환경 속에서 이어가는 경우도 있지만, 유망하고 안정적인 직장을 그만두고 낯설고 힘든 가업을 이어받아야 하는 경우도 있어요. 그렇다면 왜 오늘날에도 가업을 이어가는 사람들이 존재할까요?

《가업을 잇는 청년들》이라는 책에는, 가업을 이어가는 청년들이 현재의 일을 선택하게 된 이유가 실려 있어요. 일에 대한 자부심과 애정, 단순히 직업을 선택하는 것이 아닌 사명감을 가지고 그 일을 해내는 사람을 가까이에서 바라보며 느끼는 존경심으로 많은 청년들이 오늘날에도 가업을 이어나가고 있다고 해요. 그리고 가업의 의미에 대해 다음과 같이 이야기해요.

우리가 '가업'에 주목하는 건 어쩌면 이 시대 잃어가는 가족의 가치를 다시 한번 짚어볼 수 있는 계기이기 때문이다. 시대는 변하고, 가족은 점점 해체되고 있다. 아버지의 권위는 돈을 벌어다 줄 때 최고조에 이르고, 경제력을 상실하는 순간 땅으로 곤두박질친다. 돈이 곧 선이 되는 황금제일주의 시대를 살면서 가족의 가치마저도 그가 벌어들이는 돈에 의해 결정되는 세상을 우린 경험하고 있다. 의사인 부모를 따라 의사가 되고, 판검사인 부모를 뒤이어 판검사가 되는 가업 잇기가 결코 존경받지 못하는 시대. 의사도, 판검사도 지금은 본인의 노력이 아니라 부모의 경제력에 의해 만들어지는 세상이기 때문이다. 이런 시대에 부와 계급의 세습으로서의 가업 잇기가 아니라, 부모와 자식이 나란히 함께 가는 '동행'으로서의 가업 잇기가 우리에게 주는 울림은 묵직하기만 하다.
부모는 자식의 미래에 디딤돌이 되어주고, 자녀들은 부모에 대한 존경과 믿음으로 기꺼이 동행하는 가업 잇기의 현장. 이곳에서 피어나는 꽃 같은 그들의 이십대 시절. 그 반짝거림을 지켜보는 건 커다란 즐거움이다.
                                              -《가업을 잇는 청년들》에서

만약 여러분이 오랜 시간의 노력 끝에 이루어낸 자리를 모두 내려놓고 가업을 잇기 위해 새롭게 시작해야 한다면 어떻게 할 것 같나요?

아버지는 왜 돌다리를 고치나요?

"나무다리가 있는데 건 왜 고치시나요?"

"너두 그런 소릴 허는구나. 나무가 돌만 허다든? 넌 그 다리서 고기 잡던 생각두 안 나니? 서울루 공부 갈 때 그 다리 건너서 떠나던 생각 안 나니? 요즘 사람들은 모두 인정이란 걸 사람헌테만 쓰는 건 줄 알드라! 내 할아버니 산소에 상돌을 그 다리로 건네다 모셨구, 내가 천자문을 끼구 그 다리루 글 읽으러 댕겼다. 네 어미두 그 다리루 가마 타구 내 집에 왔어. 나 죽거든 그 다리루 건네다 묻어라…… 난 서울 갈 생각 없다."

이 소설에는 두 개의 다리가 등장해요. 바로 돌다리와 나무다리입니다. 두 다리는 어떤 차이점이 있을까요? 나무는 쉽게 다듬고 조립할 수 있기 때문에 나무다리는 만들기도 쉽고 수리하기도 쉬워요. 하지만 외부 자극에는 상대적으로 약하지요. 큰 자연석을 잇대어 만든 돌다리는 적당한 크기와 모양의 돌을 찾기도 어렵고 옮기기도 어려워요. 하지만 나무다리에 비하면 아주 튼튼해서 오랫동안 변형되지 않고 외부 자극에도 강합니다.

창섭의 고향 마을에는 나무다리와 돌다리가 있는데, 아버지는 돌다리에 애정을 가지고 있어요. 나무다리가 있는데 왜 돌다리를 고치냐는 창섭의 물음에 아버지는 돌다리에 얽힌 추억을 언급합니다. 아버지에게 돌다리는 가족의 역사와 추억이 담겨 있는 존재인 것이죠. 그렇게 아버지의 어린 시절부터 창섭이 성장하여 마을을 떠날 때까지 건너다녔던 소중한 기억이 아로새겨진 다리이기 때문에 아버지는 많은 비용과 노력이 들더라도 그것을 온전히 고쳐서 오래도록 유지하고 싶어 하는 것입니다. 누구나 자신이 소중히 여기는 물건을 오래 간직하고 싶어 하는 것처럼요.

그리고 앞서 창섭과 아버지의 삶의 방식을 얘기하면서, 창섭은 변화된 세대의 인물이고 아버지는 기존 세대라고 했어요. 이는 나무다리와 돌다리의 관계와 비슷한 면이 있습니다. 새로 만들어 보기에 좋고 효율적이기도 한 나무다리와 투박하지만 오래도록 자리를 지켜온 돌다리. 그러니까 나무다리는 변화된 근대 자본주의 삶의 방식을, 돌다리는 전통을 고수하는 삶의 방식을 대변한다고 볼 수 있을 것 같아요. 점점 나무다리를 사용하는 사람들이 늘어나겠지만, 그렇다 하더라도 굳이 돌다리를 없앨 필요는 없겠죠? 창섭의 아버지처럼 돌다리를 애정하는 사람들이 있을 테고, 그들에게는 그 존재 자체가 의미 있을 테니까요.

　나무다리와 돌다리의 아름다운 공존. 이것이 독자들에게 전하려는 작가의 메시지 가운데 하나가 아닐까요?

창섭은 어떤 인물인가요?

오늘에 이르러는 맹장 수술로는 서울서도 정평이 있는 한 권위자
가 된 것이다.
'창옥아, 기뻐해 다구. 이번에 내 병원이 좋은 건물을 만나 커지는
거다. 개인 병원으론 제일 완비한 수술실이 실현될 거다. 입원실 부
족도 해결될 거다. 네 사진을 크게 확대해 내 새 진찰실에 걸어노
마…….'

이 소설의 주인공인 창섭은 서울에서 병원을 운영하고 있는 의사예
요. 과거에 어린 여동생이 맹장염으로 죽은 일 때문에 의사가 되기로
마음을 먹었지요. 이제 맹장 수술로는 인정받는 유능한 의사가 되었
습니다.

창섭은 의사로서 성공해서 나날이 환자가 늘었어요. 그러나 입원실
이 부족해서 환자들을 삼분의 일밖에 수용하지 못했지요. 그런데 마
침 교통이 편한 자리에 병원을 확장할 수 있는 건물이 나왔고, 시골
땅을 팔면 그 건물을 살 수 있다고 생각해요.

창섭은 아버지가 농사짓는 고향 땅에서 발생하는 경제적 이익과 병
원 운영으로 인한 경제적 이익을 따져봅니다. 논밭에서는 일 년에 삼

천 원 정도의 수익이 나지만 병원을 확장하면 일 년에 만 원 정도의
이익을 뽑을 자신이 있었어요. 그렇게 돈을 벌게 되면 나중에 서울
근처에 있는 좋은 땅을 살 수도 있다고 생각하지요. 이처럼 창섭은
땅을 경제적 이익의 수단이자 물질적인 대상으로 여겼습니다.

그러나 창섭은 단지 돈 때문에 땅을 팔았으면 하는 것은 아니에요. 외아들인 자신이 부모님을 모셔야 하니, 이참에 고향 땅을 정리하는 게 좋겠다는 마음도 있습니다. 그것이 핑계일 수도 있지만, 땅에 대한 아버지의 신념을 알고 나서 수긍하는 것을 보면 물질만능주의에 사로잡힌 인물까지는 아닌 듯해요. 물론 물질적 가치를 판단의 기준으로 삼는 면이 없지 않지만, 전통을 지켜가는 것에 대한 존경심도 보여주니까요. 그렇지만 아버지의 뜻을 온전히 수긍하기는 어려웠나 봐요. 그래서 아버지와 자기의 세계가 다르다고 자각하며 '격리'와 '결별'의 심사를 느낍니다.

땅을 팔아 병원을 확장하고 물질적 성공을 이루려는 욕망은 허사가 되었지만, 창섭은 자신이 원하는 삶을 이루기 위해 자기만의 방식으로 살아갈 것 같네요.

그때는 어떻게 의사가 되었나요?

창섭은 자기도 어른이기만 했으면 필시 의사의 멱살을 들었을 것이었다. 이런 누이의 허무한 죽음에서 창섭은 뜻을 세워, 아버지가 권하는 고농을 마다하고 의전으로 들어갔고, 오늘에 이르러는 맹장 수술로는 서울서도 정평이 있는 한 권위자가 된 것이다.

오늘날에도 의사가 되는 것은 쉽지 않은 일이에요. 일단 학업 성적이 아주 좋아야 의과대학에 진학할 수 있고, 교육 기간도 일반 대학보다 2년이나 길어요. 공부해야 할 양도 상당하죠. 그리고 의사 면허시험을 통과해야 하고, 이후 전문의가 되려면 인턴과 레지던트 과정도 거쳐야 할 뿐 아니라 전문의 시험에도 합격해야 합니다. 우리 주변에 있는 병원에서 일하고 있는 의사들이 새삼 대단하게 느껴지네요.

　일제강점기에도 의사가 되려면 국내 또는 일본의 의학 교육기관을

졸업해야 했어요. 의학 교육기관은 의학전문학교와 의과대학이 있었는데, 의학전문학교가 개인 병원의 의사를 양성하는 것을 목적으로 한다면, 의과대학은 의사 양성과 더불어 교육과 연구 인력 육성도 목표로 했습니다. 의학전문학교의 수학 기간은 4년이었고, 의과대학은 의학전문학교보다 수업 과정이 2~3년 더 길었습니다.

1899년에 대한제국 정부는 우리나라 최초의 근대식 국립 의학 교육기관인 '의학교'(서울대학교 의과대학의 전신)를 설립했어요. 첫 입학생이 50명이었는데, 이들은 3년 과정의 의학 교육을 통해 서양 근대식 의사 훈련을 받았습니다. 1902년 7월 4일 의학교의 최초 졸업 시험이 있었는데, 이때 19명이 통과했다고 해요. 국내 최초로 의사들이 배출된 역사적인 순간이었답니다.

1930년대 당시는 고등교육을 받는 사람이 극소수였을 뿐 아니라 집안의 경제적 상황이 매우 좋아야 의과대학이나 의학전문학교에 다닐 수 있었어요. 창섭이 다닌 의학전문학교는 4년제로, 연평균 학비가 500원 정도 되었다고 해요. 이는 당시 괜찮은 직업을 가진 사람의 연간 수입에 맞먹는 큰돈이었어요. 그러니 부모의 재력이 받쳐주지 않으면 엄두를 낼 수 없는 일이었을 겁니다. 의학전문학교에 다니는 이들 가운데는 경제적으로 어려운 중하층이나 극빈층에 속한 사람들도 있었는데, 그들은 친척들의 도움이나 지역 장학회의 지원 등을 받았다고 해요.

의사가 되려는 이유는 다양했는데, 그 가운데 부모의 권유가 가장 많았다고 합니다. 개인과 집안의 사회적·경제적 지위 향상의 통로로 생각했기 때문이지요. 또 의사들은 일제의 지배나 간섭에서 비교적 자유로웠고 수입도 다른 직업에 비해 많은 편이었어요. 1930년대 의사들의 수입은, 개인 병원을 하는 의사의 경우에는 월 300원 이상으로 지주에 이어 2위를 차지했다고 합니다. 창섭의 경우는 의사가 되려던 이유가 남들과는 좀 달랐지만, 어쨌든 지주인 아버지의 경제력이 뒷받침되었기에 가능한 일이었을 거예요.

당시 만 원은 얼마나 큰 돈인가요?

시골에 땅을 둔대야 일 년에 고작 삼천 원의 실리가 떨어질지 말
지 하지만 땅을 팔아다 병원만 확장해 놓으면 적어도 일 년에 만
원 하나씩은 이익을 뽑을 자신이 있는 것, 돈만 있으면 땅은 이담
에라도 서울 가까이에 얼마든지 좋은 것으로 살 수 있는 것…….

앞서 1930년대 당시 의사들 한 달 평균 수입이 300원쯤 된다고 했어
요. 창섭의 아버지가 농사를 지어 벌어들이는 수입은 일 년에 3,000
원쯤이고요. 지주가 의사보다 평균 수입이 높다고 했는데, 창섭의 아
버지는 의사의 평균 수입에 조금 못 미칩니다. 그렇다면 창섭이 말한
'만 원'은 오늘날로 치면 얼마나 큰 돈일까요? 시대별 물가를 비교할
때 쌀값을 기준으로 하기도 하는데, 이를 바탕으로 한번 살펴볼까요?
　일단 쌀 한 가마니는 한 말의 다섯 배 정도이고 한 섬(석)의 절반
정도 되는데, 무게로 따지면 80킬로그램입니다. 요즘 쌀 80킬로그램
의 시세는 20만원 전후예요. 1930년대 초반에는 그 이전보다 쌀값이
떨어져 한 가마니에 10원 남짓이었고, 1930년대 후반에는 20원 이상
으로 올라요. 이를 기준으로 오늘날과 비교하면 당시 1원이 오늘날 1
만 원쯤에 해당한다고 볼 수 있겠네요. 그렇다면 의사들 한 달 평균

수입은 300만 원쯤일 테고, 만 원은 1억 원쯤 됩니다. 창섭의 아버지가 고향 땅에서 얻는 수입은 일 년에 3천만 원 정도이고요. 그러니 해마다 500원이나 드는 의학전문학교 학비를 감당할 수 있었겠지요.

그런데 당시는 요즘보다 쌀값이 비쌌다고 하니, 단순 비교가 어려운 면도 있어요. 가중치를 따진다면 당시 '만 원'의 가치는 더 높았을 것 같아요. 당시 다른 물가들을 통해 그 가치를 한번 생각해 볼까요?

	구분	1930년대	오늘날	1원의 가치
월급	가게 점원	10~15원	200만원 (최저시급 기준)	약 13만원
	공장 노동자	15~20원	250만원 내외 (중소기업 평균임금 기준)	약 13만원
	은행원	60~80원	1,000만원 내외 (은행원 평균임금 기준)	약 14만원
	교사	40~70원	400만원 내외 (임금 중앙값 기준)	약 7만원
	의사	300원	2,000만원 내외 (평균 연봉 기준)	약 7만원
음식	설렁탕	15~20전	1만원 내외	약 6만원
	우동	5전	5,000원 내외	약 10만원
	냉면	20~25전	1만원 내외	약 5만원
	돈가스	20~25전	1~1.5만원	약 6만원
	비빔밥	20~25전	1만원 내외	약 5만원
기타	커피	10전	3,000원 내외	약 3만원
	맥주	40~50전	5,000원 내외 (생맥주 500cc 기준)	약 1만원
	담배	10전	4,500원	약 4만 5천원
	경성 단독주택	1,500~ 3,000원	10억원 (서울 30평대 아파트 평균)	약 40만원

이 목록을 참고하여 종합해 보면, 경우에 따라 다르지만 대체로 당시 1원의 가치가 오늘날 5만 원 이상일 것이라고 짐작해 볼 수 있습니다. 앞에서 쌀값을 기준으로 한 것보다 다섯 배 이상 높네요. 이를 바탕으로 1원을 5만원으로 환산하면 만 원은 5억이 됩니다. 정말 '억' 소리가 나네요.

3

욕망과 신념

제목이 왜 '돌다리'인가요?

더구나 불과 수십 보 이내에 면(面)의 보조를 얻어 난간까지 달린 한다한 나무다리가 놓인 뒤의 일이라 이 돌다리는 동네 사람들에게 완전히 잊혀버린 채 던져져 있던 것이었다.

창섭이 고향을 방문했을 때, 아버지는 마을 사람들 수십 명과 함께 돌다리를 끌어 올리고 있었어요. 마을 사람들은 나무다리가 놓인 뒤로 돌다리의 존재를 잊어버리고 살다가 아버지가 부추겨서 돌다리를 끌어 올리는 일을 함께 하게 된 것이에요. 마을 사람들 대다수는 나무다리와 같이 근대적 가치로 변화하는 과정을 자연스럽게 받아들인 것 같아요. 그러나 한편으로는 돌다리와 같은 전통적인 가치를 기억하고 지키려는 마음도 있으니 돌다리를 고치는 데 힘을 보태는 것이겠죠?

이 소설에서 전통적 가치를 상징하는 소재는 땅과 돌다리예요. 소설 마지막 부분을 참고하면, 땅과 돌다리는 천리(天理)에 순응하며 가꾸고 지켜나가야 그 존재 가치가 이어지는 깃입니다. 다시 말해, 전통적 가치를 지키고 이어나가기 위해서는 그것의 가치를 소중히 여기는 마음과 노력이 있어야 한다는 것이지요.

두 소재 가운데 땅은 창섭과 아버지 사이의 인식과 가치관 차이를 드러내는 역할을 해요. 창섭은 땅을 금전적 가치로 여기며 자신의 욕망을 이루기 위한 수단으로 생각하죠. 아버지는 땅의 본래적 가치를 중요시하며 자신의 신념을 지키려고 합니다. 그러니까 땅은 변화된 사회에 대한 세대 간의 삶의 태도와 방식의 차이를 보여주는 데 초점이 놓인 소재라 할 수 있어요.

돌다리는 이보다는 좀 더 넓은 의미로 생각해 볼 수 있어요. 나무다리가 물질적 가치를 중시하는 근대 자본주의와 이를 추구하는 사람들의 욕망을 상징한다면, 돌다리는 전통적 가치를 중시하며 공동체의 삶을 위하고 자연의 순리에 따르려는 신념을 상징합니다.

앞서 나무다리와 돌다리의 아름다운 공존에 대해서 말했는데, 작가의 서술 태도를 보면 나무다리보다는 돌다리의 가치에 초점을 맞추고 있어요. 그러니 자연스럽게 아버지의 입장을 긍정하죠. 마지막 부분에 나오는 아버지의 생각은 이런 작가의 생각을 말해주는 것일지도 몰라요.

소설의 제목은 작품의 중심 소재나 주제, 배경 등을 바탕으로 짓는 경우가 많아요. 이 소설은 땅에 대한 창섭과 아버지의 견해 차이를 보여준 뒤 돌다리에 대한 의미 부여를 통해 주제를 드러내는 방식으로 이야기가 전개됩니다. 따라서 돌다리는 작가의 생각이 집약된 소재라고 할 수 있어요. 독자들도 이 소설을 읽고 나면 '돌다리'가 지니는 의미와 가치에 대해서 한번 생각해 볼 수 있을 거예요.

백낙천의 시는 어떤 건가요?

아버지는 종일 개울에서 허덕였으나 저녁에 잠도 달게 오지 않았다. 젊어서 서당에서 읽던 백낙천의 시가 다 생각이 났다. 늙은 제비 한 쌍을 두고 지은 노래였다.

아버지가 떠올린 시는 중국 당나라 때 최고의 시인인 백거이(772-846)가 지은 〈연자가〉입니다. 낙천(樂天)은 그의 자(字)예요. 혹시 여러분은 '부모님의 가치관은 내 가치관과 다르다.'라는 생각을 해본 적이 있나요? 만약 그렇다면 여러분은 이 시의 의미를 이미 알고 있는 거예요.

들보 위 한 쌍의 제비가 있어
짝지어 펄펄 날아다니더니
진흙을 물고 와서 서까래 사이에 집 짓고
네 마리 새끼를 낳았구나.
새끼들은 밤이 가고 날이 갈수록 자라서
먹이를 찾는 소리 자자히 요란한데
싱싱한 벌레 잡기가 그리 쉽지 않으니

어린 새끼 배불리 먹일 일이 기약 없네.

부리와 발톱은 닳아서 없어질 지경이지만

그 마음은 피로를 알지 못하고

비록 수없이 둥지를 드나들지만

언제나 새끼들 굶주릴까 걱정뿐일세.

애쓰고 부지런히 키우기 서른 날

어미는 야위었지만 새끼는 점점 살찌고

쩍쩍 하고 우는 말 가르쳐주고

털과 날개를 하나하나 곱게 쓰다듬어 주니

어느새 날개와 죽지는 자라서 힘이 생기니

뜰 앞 나뭇가지에 올라앉네.

한번 날개 펴고 날더니 뒤도 돌아보지 않고

바람 따라 사방으로 흩어져 가버리고 마는구나.

한 쌍의 어버이 제비 하늘에서 울고 우짖어

목이 타도록 불렀으나 새끼들은 돌아오지 않고

허전한 마음으로 빈 둥지에 돌아와서

밤이 새도록 슬피 울부짖네.

제비야, 제비야, 너희들은 슬퍼만 하지 말고

마땅히 지난날의 너희를 생각해 보아라.

너희도 지난날 어린 새끼였을 때

어미 저버리고 하늘 높이 날아가지 않았더냐?

그때에 새끼 잃은 어버이의 슬픈 마음을

이제야 너희도 그 마음을 알 수 있으리라.

창섭의 아버지가 이 시를 떠올리게 된 시점을 볼까요? 창섭의 제안을 거절하고 서울로 떠나보낸 날 저녁이었어요. 아버지는 자신의 신념에 따라 결정을 내렸고 그 결정을 창섭도 받아들였지만 그렇다고 마음이 개운한 건 아니었어요. 자기보다 새끼들을 우선시했던 어버이 제비처럼 창섭의 아버지도 창섭이 의사가 될 수 있도록 부지런히 뒷바라지했거든요. 그런데 날개에 힘이 생기자 날아가 버린 새끼 제비들처럼 창섭도 자신의 욕망을 좇아 병원 확장을 위해 아버지에게 소중한 땅을 팔자고 제안한 거예요. 아버지에게 늘 받는 입장이었던 창섭도 땅에 대한 이야기를 나눈 뒤에 아버지와 자기의 세계가 격리되는 일종의 '결별의 심사'를 체험하는데, 하물며 아들을 무엇보다 소중히 여기며 아낌없이 주는 입장이었던 아버지는 오죽했을까요?

백낙천의 시에서는 늙은 어버이 제비들에게, 새끼 제비들을 원망하기보다는 자신들도 새끼 적에 그러했음을 깨달으라고 해요. 부모와 자식의 입장이 다를 수밖에 없으니, 그것을 받아들이고 담담히 놓아 줄 수 있어야 한다는 것이겠지요. 스스로의 날개로 훨훨 날아오르기를 응원하면서요.

작가가 말하고자 하는 것은 무엇인가요?

〈돌다리〉에서 아버지는 물질적 가치를 추구하기보다는 땅을 가꾸는 것을 의미 있다고 여기는 인물이에요. 마을에서 성실하고 검소하다고 소문이 나 있을 뿐 아니라 농사를 지어 번 돈은 자신의 땅을 가꾸거나 동네 길을 정비하는 데 주로 씁니다. 논밭을 늘리는 것보다 물려받은 땅을 기름지게 하고 자신의 땅뿐만 아니라 마을의 땅을 가꾸는 데에 힘쓰는 거지요. 아버지는 땅에 대한 강한 애착과 자신만의 확고한 신념을 가지고 있으며 땅을 함부로 대하는 사람들에 대해서는 비판적인 시각을 드러냅니다.

창섭은 땅을 팔아 병원을 확장하겠다는 계획을 가지고 시골로 내려와 아버지에게 땅을 팔자고 설득합니다. 이에 대해 아버지는 자신의 생각을 이야기하지요. 그러면서 '땅'이라는 소재에 대한 창섭과 아버지의 서로 다른 가치관이 드러나죠.

그렇다면 서로 다른 입장을 보였던 아버지와 아들은 결국 어떤 선택을 했을까요?

창섭은 입이 얼어버리었다. 손만 부비었다. 자기의 생각은 너무나 자기 본위였던 것을 대뜸 깨달았다. 땅에는 이해를 초월한 일종 종교적 신념을 가진 아버지에게 아들의 이단적인 계획이 용납될 리 만 무였다.

창섭은 아버지의 뜻을 이해하고 자신의 계획이 이루어질 수 없음을 깨달아요. 그렇다면 창섭은 정말 아버지를 온전히 이해하게 된 것일까요?

창섭은 아버지의 말을 듣고 나서 존경하는 마음을 표현해요. 하지만 이와 더불어 '일종의 결별의 심사'를 느끼게 됩니다. 창섭과 아버지는 서로의 이야기를 경청하고 상대방의 의견을 존중하지만, 결국 창

섭은 근대적 가치관과 전통적 가치관 사이의 생각 차이를 절감하게 됩니다. 아버지의 뜻을 인정하고 그 삶을 존중하지만 자신이 추구하는 삶과는 확실히 다르다는 말이겠죠. 아버지 또한 자식이 사람을 살리는 좋은 일을 하고 경제적으로 더 성공하기 위해 노력하는 삶을 인정하지만, 아들의 바람보다는 자신의 신념을 더 중시합니다.

이러한 아버지의 신념은 돌다리를 고치는 일에서도 드러나요. 새로 만든 나무다리가 있고 마을 사람들 대부분이 그 다리를 이용하면서 점점 잊혀가는 돌다리. 그것은 마치 근대화라는 명분으로 새로운 것이 낡은 것을 대체하고 이전 것은 점점 자리를 잃어가는 현실을 상징하는 듯합니다. 아버지는 돌다리를 통해 자신의 삶을 추억하며 과거로부터 이어져 온 삶을 계속해 나가기를 원해요. 돌다리를 통해 전통적 가치관이 이어져 가기를 바라는 마음이라고 볼 수 있지요.

앞서도 계속 이야기했지만, 이 소설은 중심 소재인 땅과 돌다리를 통해 작가의 생각을 드러내고 있어요. 좀 더 정확하게는 땅과 돌다리에 대한 창섭과 아버지의 생각과 태도 차이라고 할 수 있겠지요. 사적 이익과 물질적 가치보다는 공적 이익과 전통적 가치를 중시하는 태도, 근대화와 자본주의로 인해 변화된 사회의 모습을 인정하면서도 이전부터 지켜오던 가치들을 잃어버리지 않았으면 하는 바람, 서로 다른 삶의 방식을 추구하는 세대 간의 이해와 공존…… 이런 것들이 작가가 독자들에게 전달하고 싶었던 주제가 아닐까 싶어요.

작품 밖 세상 들여다보기

시대

작가

작품

작가 이야기
이태준의 생애와 작품 연보, 작가 더 알아보기

시대 이야기
1930년대

엮어 읽기
변화된 세태와 가치 지향

독자 이야기
문학 유산 답사기

독자

이태준의 생애와 작품 연보

1904(11월 3일) 강원도 철원군 묘장면 산명리(현 철원읍 대마리)에서 아버지 이창하와 어머니 순흥 안씨의 1남 2녀 중 장남으로 태어남.

1909(6세) 개화파였던 아버지를 따라 러시아 블라디보스토크로 이주했으나, 그해 8월 아버지가 돌아가심.

1912(9세) 어머니의 죽음으로 외할머니를 따라 철원 용담마을(현 철원읍 율이리)로 귀향하여 친척집을 전전함.

1915(12세) 5촌 당숙 집에 살면서 사립봉명학교에 입학함.

1918(15세) 봉명학교를 졸업하고 간이농업학교에 입학했으나 한 달 뒤 가출하여 여러 곳을 방황하다 원산에 객줏집 사환(심부름꾼)으로 정착하고 문학 서적을 탐독함.

1921(18세) 휘문고등보통학교에 입학함.
고학생으로 비교적 성적이 우수했으며, 스승으로 가람 이병기, 같은 학예부원으로 정지용, 김영랑, 박종화, 박노갑 등이 있었음.

1924(21세) 휘문고등보통학교 학예부장으로 활동함.
《휘문》 제2호에 동화 〈물고기 이약이〉 등 6편을 발표함.

1925(22세) 일본에서 단편 〈오몽녀〉를 《조선문단》에 투고하여 입선함으로써 문단에 나옴.

1926(23세) 동경 상지대학 예과에 입학함.
신문 배달과 우유 배달 등을 하며 매우 궁핍한 생활을 했으며, 나도향 등과 교우함.

1929(26세) 개벽사에 입사하여 《학생》, 《신생》 등의 편집에 관여함.

1930(27세) 이화여전 음악과 출신의 이순옥과 결혼함.

1931(28세) 중외일보 기자로 근무함. 신문의 폐간으로 조선중앙일보 학예부 기자가 됨.

1933(30세) 박태원, 이효석 등과 '구인회'를 조직함.
《중앙》에 단편 〈달밤〉을 발표함.

1934(31세) 단편집 《달밤》을 발행함.

1937(34세) 《여성》에 단편 〈복덕방〉을 발표함.

1939(36세) 《문장》의 편집자 겸 소설 추천 심사위원으로 활동함.

1941(38세) 제2회 조선예술상을 수상함.
수필집 《무서록》을 발행함.

1943(40세) 《국민문학》에 단편 〈석교(石橋)〉를 발표함.
단편집 《돌다리》를 발행함.

1945(42세) 강원도 철원군 안협으로 낙향함.

1946(43세) 7~8월경 월북함.
〈해방 전후〉로 제1회 해방문학상을 수상함.

1947(44세) 5월에 소련 여행기인 《소련기행》이 남한에서 출간됨.

1954(51세) 3개월간의 사상 검토 작업 중 과거를 추궁당함.

1969(66세) 강원도 장동 탄광 노동자 지구에서 부부가 함께 거주함.
이후 사망한 연도는 알려져 있지 않음.

작가 더 알아보기

힘겨웠던 어린 시절

이태준은 러일전쟁이 일어나던 해인 1904년 11월 4일에 강원도 철원에서 태어났어요. 이태준의 아버지는 개화주의자로 일본에서 오래 생활하다가 돌아왔는데, 이 때문에 친일주의자로 배척을 받아 1909년 러시아 블라디보스토크로 가족들과 함께 망명하게 됩니다. 망명은 단순히 자기 나라를 떠나서 다른 나라로 이주하는 것을 의미하는 이민과는 달라요. 정치적인 이유로 박해를 받고 있거나 받을 위험이 있는 사람이 외국으로 몸을 피하는 것이거든요. 그렇게 러시아로 갔지만 그해에 아버지가 돌아가셨어요.

어쩔 수 없이 귀국길에 올랐는데, 오는 길에 들른 함경북도 회령군의 배나루마을에 정착하게 됩니다. 이태준은 이곳에서 서당을 다니며 한문을 배웠어요. 그러다가 1912년 어머니마저 돌아가시면서 두 누이와 함께 고아가 되었답니다. 다행히 외할머니와 함께 고향에 돌아왔지만, 이후에 친척들 집을 전전해야 했어요. 또 어린 나이에 객줏집에서 사환으로 일하며 사학을 병행하기도 하는 등 만만치 않은 어린 시절을 보냈습니다. 배재학당에 결원이 생겨 보결생 모집에 합격했는데 학비가 없어서 등록을 못 하기도 하고, 휘문고등보통학교에 진학하고 나서 월사금(수업료) 체납자 명단에 오르기도 했습니다. 이렇게 한곳에 정착하지 못했던 떠돌이 삶이 나중에 이태준의 소설에도 영향을 주었어요.

작가들과의 교류

이태준은 휘문고등보통학교에서 시인 이병기 선생을 만나며 문학에 입문하고 교양을 쌓았어요. 그리고 순수시 운동에 앞장섰던 시인들인 정지용, 김영랑, 박종화가 상급반 학예부에 있어서 이들과 교류하며 영향을 받기도 했습니다. 1924년에 동맹휴학을 주동한 혐의로 퇴학당하고 나서 일본 유학을 떠나게 되었고, 1925년에 일본에서 단편소설 〈오몽녀〉를 《조선문단》에 투고하여 입선함으로써 문단에 데뷔하게 돼요. 그런데 궁핍했던 유학 생활을 견딜 수 없게 되자 1927년 학교를 중퇴하고 귀국했어요. 귀국하고 나서는 잡지사와 언론사 등에서 기자로 일하기도 했습니다.

1933년에는 이효석, 김기림, 정지용, 유치진 등 여러 작가와 함께 '구인회(九人會)'라는 문인 친목 단체를 만들어 순수문학을 지향하며 당시 문단에 영향력을 끼쳤어요. 구인회는 여러 번 인원 구성이 바뀌기도 했는데, 1936년에 동인지 성격의 《시와 소설》을 간행하고 얼마 지나지 않아 해체되고 말았답니다. 동인들 간의 문학 성향 차이와 불화 등이 원인이었다고 하네요.

기자 생활

이태준은 1929년에 잡지사인 '개벽사'에 입사하여 잡지 편집뿐 아니라 《어린이》라는 잡지에 여러 편의 동화를 발표하기도 했어요. 그러면서 어느 정도 경제적 안정을 찾게 되어, 이듬해 5월에 결혼하여 가정을 꾸리게 됩니다. 이때부터 이태준은 본격적인 글쓰기를 시작했고, 1931년에는 '중외일보'에 입사하여 다시 기자 생활도 이어갔어요. 그런데 입사하고 얼마 지나지 않아 신문사가 재정난으로 폐간되고 말아요. 이후 《조선중앙일보》가 창간되어 《중외일보》를 이었고, 이태준은 이곳에서 학예부장으로 일하게 됩니다. 겸하여 여러 학교에 작문 교사로 출강을 하기도 했어요. 이때는 경제적으로도 여유롭고 문학적 역량도 커지면서 많은 작품을 발표하게 됩니다. 이태준 문학의 전성기라 할 만큼, 그의 대표작들이 대부분 이 시기에 쓰였답니다.

기자는 다양한 사람들의 삶을 조사하고 그 사람들의 삶에서 의미를 발견하는 직업이잖아요? 그러다 보니 다양한 사람들의 삶과 그 삶의 이면을 들여다보고 작품의 모티프로 삼을 수 있었어요. 이태준은 소외된 사람들의 삶을 따뜻한 시선으로 그려낸 미국 단편소설의 거장 오 헨리와 비견되는데, 그의 기자 생활이 많은 영향을 미쳤을 것 같습니다.

전통 지향성

이태준은 일제 강점하에서 효율성을 중시하는 근대화가 이루어지면서 사라져 가는 전통적인 것의 가치에 대해 안타까워했어요. 이는 옛것, 낡은 것에 집착하는 태도라기보다는 근대의 각박함, 돈이 되지 않는 모든 것들에 대한 폄하에 맞서는 태도였지요. 우리가 함께 읽은 〈돌다리〉에서 근대적인 가치관을 추구하는 아들에 맞서 '돌다리'와 '땅'의 본래적 가치를 지키고자 하는 아버지의 모습이 이태준 작가가 지향하는 것이었다고 할 수 있어요.

이태준은 1939년에 문학 잡지 《문장》을 창간하는 데 관여하고 책임 편집도 맡게 됩니다. 이때 이병기와 함께 고전을 다시 일으키는 데 힘쓰면서 의고주의적 취향을 지니게 돼요. 의고주의는 예술 작품의 표현에서, 옛 작품을 숭배하여 모방하는 경향을 뜻해요. 이러한 태도는 그의 이전 작품들에서 보여주었던 전통문화에 대한 예찬이나 농촌에 대한 애정 등과도 연결됩니다.

월북 작가 이태준

이태준은 해방 후부터 한국전쟁 전까지는 주로 좌익 계열에서 활동했는데, 1946년 7~8월쯤에 월북한 것으로 알려져 있어요. 그해 10월경 조선문화사절단의 일원으로 소련을 여행하고 돌아오는 길에 북한에 머물게 된 것입니다. 이태준은 '구인회'를 결성하여 순수문학을 지향했던 만큼 좌익과는 거리가 멀 것 같지만, 사회주의 사상 자체를 반대하는 것은 아니었다고 해요. 그래서 이태준은 조선문학가동맹 부위원장, 북조선문학예술총연맹 부위원장을 맡기도 했고, 한국전쟁이 일어나기 전인 1948년에 발표한 《농토》라는 장편소설에서는 김일성을 찬양하기도 했습니다.

그런데 한국전쟁 이후 1952년부터 사상 검토를 당하다가 1957년에 숙청당한 것으로 알려져 있어요. 숙청된 뒤에는 인쇄공, 탄광 노동자, 고철 수집 등을 하며 살았는데, 아내가 죽은 뒤 행방불명이 되어 행적과 사망 연도가 자세히 전해지지 않았어요. 월북 작가라는 이유로 그의 작품은 한동안 남한에서 다룰 수 없었는데, 1988년 월북 작가 해금 조치로 인해 우리에게 알려지게 되었답니다.

스타일리스트 이태준 씨를 논함 _김기림

우리의 문학 독자층을 연령을 기준으로 생각하면 청년기에 있는 사람이 절대다수를 차지하고 있는 줄 안다. 중년 이상의 독자들은 대개 야담과 같은 것에 끌려가고 만다. 지금 청년기에 있는 교양 있는 문학 독자층이 중년자가 되는 때, 그들은 스스로 문학에의 요망을 가지게 될 것이다. 또한 지금까지의 작가들은 대개 처녀작을 발표한 후 화려한 창작활동을 하고 나서 끝에는 거의 약속한 듯이 타성적인 졸작 시대가 계속되었다. 그래서 아, 나라에 있는 것은 다만 청년의 손으로 청년을 위하여 만들어진 '청년의 문학'뿐이었다고 생각된다. 그리고 교양으로서도 매우 낮은 정도의 문학이었다고 생각한다.

따라서 이태준 씨와 같은 작가는 대중적일 수가 없는 숙명을 가지고 있었다. 그는 지극히 적은 교양 있는 독자에게만 그의 특이한 문장의 향기를 전할 수 있었다. 이태준 씨의 작품(주로 그의 수필)에서 내가 받은 인상은 '노숙하다'는 것이었다. 그것은 한 걸음 나가서는 '꽤 건방지다'는 인상이기도 하였다. 노숙하다는 것, 건방지다는 것, 이것들은 대부분의 사람을 그의 작품에서 격리시키는 원인도 되었지만, 또 한편으로는 일부의 사람을 그에게로 끌어간 매력이기도 하다. 의식적으로 노린 것인지 혹은 무의식 사이에 그의 천재성이 발현된 일인지 그 어느 편인지는 몰라도, 그는 우리 문인 중에서 그 누구보다도 문장으로서 독자를 흡인하는 분이다.

광범한 세계에서 그가 발견하는 것은 지극히 적은 한 개의 단편이다. 단편을 에워싸고 그의 관조는 입체적으로 확대되어 가는 것처럼 보인다. 그는 대상을 지적으로 이해하려고 하기 전에 그의 투명하고 섬세한 감성에 의하여 파악한다. 지극히 소박하고 적은 자연의 한 개의 단편 위에서 그의 감성은 조는 듯이 꿈꾼다. 때때로 그는 너무 예민한 감성 때문에 우울해지기도 한다. 그의 문장을 빛나게 하는 것은 실로 그 저류를 흐르고 있는 전속하는 그의 감성이라고 생각한다.

사실 필자가 처음으로 인간 이태준 씨를 어떤 좌담회 석상에서 대하였을 때에 받은 인상도 그의 작품 중에서 받은 인상과 거의 같은 것이었다. 이태준 씨의 나이는 생각했던 것보다 매우 젊었으나 역시 그는 노숙한 중년의 인상을 주었다. 그의 깊숙하고도 어두운 눈동자를 바라볼 때에 '옳지, 저것이 그의 감성의 서가로구나!' 하고 나는 감탄하였다. 나는 스타일리스트로서의 한 사람의 이상적 전형을 이태준 씨에게서 발견하였다. 그러나 너무나 최상급의 형용사로서 그를 찬란하게 꾸미기만 하였다는 느낌을 독자에게 주었다면 나는 그것을 정정할 의무가 있다.

다만 나는 우리가 가진 지극히 적은 스타일리스트 중에서 이태준 씨는 우수한 편에 속한 한 사람이란 것과 너무나 로맨틱한 문학의 홍수 속에서 그는 문학의 순수한 형태에 매우 가까운 것을 가지고 있다는 것을 말하고 싶었을 따름이다.

-《동아일보》1933년 6월 27일

조선의사협회 창립총회

21일 오후 일곱 시부터 돈의동 명월관 본점에서 조선인 의사를 망라하여(참석 자 1만 70여 명) 조선의사협회 제1회 창립총회를 열었다. 지난 1월 16일에 서 울 시내 관립 사립병원 의사들의 발기로써 금번에 하나의 기관을 조직하게 된 것인데, 이 협회의 목적은 영리를 떠나서 의학상의 새로운 지식을 교환하며 민 중에게 위생 사상을 보급케 하는 한편으로, 의사 간에도 친의를 돈독히 하자 는 것이 주된 강령이다. (1930)

250명에서 불과 65명

이제 서울의 의대와 의학전문학교를 졸업하는 사람들은 전부 251명으로 경성 제국대학 74명, 경성의전 80명, 세브란스의학전문학교 39명, 경성치과의학전문 학교 58명이다. 그중 대학은 전연 취직할 자리가 결정되지 않았고, 경성의전은 약 5분의 3이 취업이 결정되었다고 하며, 세브란스의학전문학교는 32명이 취직 을 희망하고 있는 중 17명은 자기 병원에서 쓰기로 했고 그 외에는 아직 알 수 없다. 이와 같은 형편으로 취직이 결정된 사람은 겨우 65명에 지나지 않고 나 머지는 매우 막연하다고 한다. (1931)

철원 상수도 기공식

철원은 근래에 와서 각종 상공업이 발전하여 소위 문화도시를 이루고 있는 만 큼 인구는 지난 5년간 5천 명이나 증가했다. 그러나 철원은 지형상 예전부터 물이 부족하고 수질이 불량하여 식수가 모자랐다. 위생상으로 보든지 어느 방 면으로든지 상수도 시설이 긴급함을 느낀 철원 당국에서는 3년간 계획으로 각처로 상수원을 탐지했으나 적당한 곳이 없어 고심하고 있었다. 그러던 중 철 원읍으로부터 약 8마장쯤 되는 곳에서 독서당천을 발견하고 공사를 착수할 작정으로 지난 16일 오후 1시에 철원읍 사요리 수도정수장 예정지에서 수도 공사 기공식을 성대히 거행했다. (1932)

맹장염 즉시 치료 못 하면 대단히 위험

일반 외과적으로는 가을철에 많이 생기는 병이 별로 없습니다만, 환절기에 혹시 맹장염을 일으키게 하는 일이 많습니다. 맹장염은 대단히 위험한 병으로 이것이 다시 '천공성 복막염'으로 변하여 배가 붓게 되면 죽는 일이 많습니다. 이와 같은 두려운 맹장염이 생기는 것은 음식을 함부로 막 먹고 몸을 잘 단속하지 않기 때문입니다. 예를 들면, 과일 씨를 그대로 삼키거나 단단한 음식을 먹어서 그것이 맹장에 가서 막히면 소화가 되지 않게 되고 몸에 열이 생기며 토사를 하게 됩니다. 물론 토사를 하더라도 맹장염이 아닌 병이 있지만, 맹장염인 것을 알려면 오른쪽 자개미(겨드랑이 안쪽의 오목한 곳)를 누르면 그곳이 아픕니다. 이것은 맹장염입니다. 이때에 즉시 의사에게 치료를 받고 수술을 하지 않으면 안 됩니다. 그러므로 음식을 잘 씹어 먹어야 이 병이 발생하지 않습니다. (1933)

포목값은 올라가고 쌀값은 떨어질 듯

쌀값을 비롯하여 작금의 물가는 점차로 올라간다는 소리가 높아진다. 과연 일반의 소문과 같이 오르고 있는가? 대략 경성 시중의 중요한 물가를 살펴보면 이러하다.

쌀값은 미가공정액이 발표된 이래 잠시 시세가 오르다가 요사이 다시 떨어졌는데, 이는 아직도 햅쌀이 시장에 나오지 않다가 요사이 많이 나오고 있기 때문이다. 보통쌀 한 말 2원 10전, 석발미 한 말 2원 50전, 검은콩 한 말 1원 80전, 팥 한 말 1원 30전, 깨 한 말 1원 40전이며, 잡곡은 아직도 나온 것이 넉넉지 아니하여 당분간 이대로 갈 것이나 쌀값은 다소 떨어질 것이라고 한다.

석탄은 일본의 새고품이 넉넉하지 못하여 작년보다 2~3원가량 비싼 시세를 보이고 있으며, 포목 시세는 작년보다 약 2원가량 올라 광목 한 통에 9원이다. 대체로 보아 일반 잡화는 오르는 형세에 있고 쌀값은 앞으로 떨어질 영향이 많다고 한다. (1933)

교통이 전부 두절

14일부터 내린 비는 벌써 260밀리미터의 강우량에 달해 전주와 남원, 장수, 금산, 진안, 정읍 각지 사이의 자동차 같은 전부 불통이 되었다. 철로도 일부 유실되었고, 전주천 강물이 많이 불어나 상류 부근의 둑이 허물어질 염려가 있어서 시민들은 크게 긴장하고 있다. 우림천의 물도 엄청 늘어 나무다리가 떠내려갔고, 상생정 일대의 유곽촌은 30호가 침수되고 1호가 무너졌다. 이미 곳곳에 노숙자가 20명에 달하고 벌써 병자도 발생하고 있다. (1934)

철원역에 새로 생긴 시설

경원선의 중심이요 금강산 전철의 기점으로 근래 승강객이 급증하는 신흥도시인 철원에 철원번영회에서 작년 이래 수차 철도당국에 진정한 결과, 우선 과선교(철로를 건너갈 수 있도록 그 위에 건너질러 놓은 다리)와 유개홈(지붕이 있는 형태의 플랫폼)을 신설하게 되었다. 그간 4만 5천 원의 공사비를 들여 최신식 설계로 공사를 진행했는데, 지금 다 준공되었으므로 번영회에서 지난 9일 오후 1시 철원역 식당에 100여 명을 초대하여 성대하게 축하 잔치를 개최했다. 그 모던하고 웅장한 자태는 철원의 관문에 우뚝 솟아, 오고 가는 손님에게 대도시인 철원을 말해주는 동시에 일반 승강객의 선로 횡단으로 생기던 위험은 이로써 사라지게 되었다고 한다. (1934)

물품특별세 30품목으로 확대

물품특별세는 작년 여름 후 신설된 세금으로 사진기, 축음기, 귀금속 등 10개 품목의 사치품에 대하여 소매 가격의 2할은 더 받게 하는 것이다. 이번에 이 품목을 30개로 확대하려는 것이다. 말하자면 역시 이전과 유사한 사치품에 대하여 세금을 더 붙이는 것이므로, 사치품을 사용치만 않으면 세금을 안 내도 될 것이나, 이번에 30개로 품목을 늘린다면 상당히 대중적으로 수요가 있는 상품에도 미치지 않을 수가 없다. 일반 소비자들에게도 영향이 미치겠지만 일반 상인 계급에 미치는 영향은 더 클 모양이다. 또 이번에 '주택신축세'라는 것도 설정될 모양인데, 대략 일만 원 이상의 주택을 신축하는 것에 대하여 1할가량의 세금을 붙이려는 것이다. 일만 원 이상의 주택이라면 비교적 사치한 주택에 속할 것이므로 대중적으로는 그리 영향이 심할 것은 아니라 해도 근래 왕성한 조선 건축계에는 당장 영향이 있을 것이다. (1938)

효과 백퍼센트의 능률적 흑간판

시내 모 자전차 대리점에서 가게 주인이 잘 보이는 곳에 큰 흑판을 걸고 있다. 그 가게에서는 이것을 '능률판'이라고 부르고 있는데, 효과가 대단하다. 업무 상태와 점원 동정을 아는 데 아주 능률적이다. 흑판 상부에는 "자전차는 ○○ ○○에"라고 가게의 슬로건을 적어놨다. 그리고 여러 가지 항목이 기입되어 있다. 이 능률판을 보고 있으면 언제 어떤 일이 있는가, 그것은 누구의 책임인가, 오늘은 누가 어디를 가서 언제 돌아오는가, 어떠한 일을 하는가 등을 알 수 있다. …… 이 흑판의 하부에는 '서비스'라는 난이 있다. 이것은 이 대리점에 수선을 의뢰한 고객 혹은 바빠서 급히 자전거가 필요한 고객에게 무상으로 15대의 자진거를 대여하여 편의를 도모하고 있는데, 그 15대의 자전차 번호를 써서 어떤 자전차를 누가 가져가서 어디에 있는가를 한번에 알 수 있도록 되어 있다. (1938)

변화된 세태와 가치 지향

물질만능주의에 대한 비판

〈돌다리〉에서 창섭은 근대화된 자본주의적 가치관을 지닌 젊은 세대예요. 서울에서 의전을 졸업하고 개인 병원을 운영하며 경제적으로 안정된 삶을 살고 있죠. 그리고 병원을 확장해서 더 많은 돈을 벌고 싶은 욕망도 지니고 있어요. 창섭은 아버지가 농사짓는 고향 땅을 팔아 자신의 병원을 확장하는 것이 더 이익이라고 생각합니다. 이는 물질적 가치를 중시하는 태도예요. 물론 그것이 나쁘거나 비판받아 마땅한 것은 아니지만, 이러한 풍조가 널리 퍼지다 보면 돈을 최우선 가치로 여기는 사람들이 늘어날 수밖에 없을 겁니다. 이는 분명 바람직한 현상은 아니에요.

그런데 창섭과 같이 물질을 중요시하는 생각을 지닌 사람들은 예전이나 지금이나 존재해요. 그만큼 자본주의 사회를 살아가는 우리의 삶에서 물질적 요소가 차지하는 비중이 크기 때문일 거예요. 문학은 현실을 바탕으로 하기 때문에 이러한 소재나 주제를 다룬 작품들도 꽤 많습니다. 대표적인 작품 몇 편을 살펴볼까요?

이태준의 〈달밤〉은 1933년 《중앙》에 발표된 단편소설이에요. 우리 사회에는 주류에서 배제되어 어렵게 살아가는 사람들이 있어요. 〈달밤〉은 이처럼 자본주의 현실에 적응하지 못하고 우둔하고 천진하게 살아가는 인물에 대한 연민을 표현하고 있는 작품이에요.

　소설 속 인물인 황수건은 동네 신문 배달 보조원인데, 그의 꿈은 정식 신문 배달부가 되어 당당하게 살아가는 거였어요. 이런 소박한 꿈을 가진 그는 행정 구역이 재편됨에 따라 새 구역이 될 성북동 일대를 본인이 담당할 것이라고 믿고 있었으나 그 바람은 좌절되어 버리고 맙니다. 그래서 그는 예전에 일했던 학교 급사로 다시 들어가려고 노력했지만 그마저도 실패하죠. 이를 안타깝게 여긴 '나'는 그에게 약간의 돈을 주며 그가 원하던 참외 장사라도 할 수 있게 도와준답니다. 이마저도 성공하지 못하자 아내마저 가출해 버리고 황수건은 실의에 빠져요.

　그러나 황수건은 자신을 도와주려 했던 '나'에게 은혜를 갚으려고 해요. 돈 한 푼 없었던 그는 남의 집 포도밭에서 훔쳐 온 포도를 '나'에게 줍니다. '나'는 쫓아온 포도밭 주인에게 포도 값을 배상해 줘야 했지만, 황수건의 마음이 고마우면서도 안타까웠어요. 그래서 그의 마음과 정성을 생각하며 포도를 아껴 먹습니다.

　달빛이 희미한 어느 밤, '나'는 서울 사대문 안에 갔다 돌아오는 길에 포도밭 쪽에서 들려오는 서투른 노랫소리를 들어요. 황수건인 걸 알아채고 아는 척하려다 그가 자신을 보면 무안해할까 봐 나무 그늘에 몸을 감추는 것으로 소설이 끝나요.

　〈달밤〉은 서술자이자 작가의 분신과도 같은 존재인 '나'가 사회적

약자인 황수건의 처지에 깊이 공감하고 연민을 느껴요. 어수룩하고 순박한 인물이 물질만능주의 세상에 부딪히면서 겪는 아픔과 시련, 이는 단지 황수건만의 아픔은 아닐 거예요. 일제강점기라는 엄혹한 시대, 근대화와 자본주의 물결이 몰아치며 급변하는 사회를 살아내야 했던 보통 사람들이 직면한 시련이기도 했을 거예요. 소설 속 '나'처럼 이들의 처지에 공감하고 따뜻하게 대해주는 사람들이 많다면 어렵고 힘든 처지에서도 힘을 낼 수 있는 마음이 생기지 않을까 싶어요. 이태준은 이 작품을 통해, 차가운 시절에 따뜻한 온기를 나누며 연대할 수 있기를 바라지 않았을까요.

이태준의 또 다른 소설 〈복덕방〉은 1937년 3월 《조광》에 발표된 작품이에요. 안 초시, 서 참의, 박희완 영감이라는 세 노인을 통해 궁핍했던 1930년대 당시의 사회상을 드러냄은 물론, 이기적이고 계산적인 안 초시의 딸 안경화와 소심한 아버지를 통해 무너져 가는 가족 관계도 보여주고 있답니다.

복덕방은 오늘날 부동산 중개소의 역할을 했던 곳이에요. 그런데 예전에는 단순히 부동산 중개업만 했던 것이 아니라 동네 사람들의 사랑방 역할도 했었답니다.

훈련원의 참의로 있었던 서 참의는 군대가 해산되고 할 일이 없게 되자 복덕방을 하게 되었어요. 처음에는 별로 기대하지 않았지만 이를 통해 경제적 기반을 닦게 돼요. 그래서 그는 "세상은 먹구살게 마런이야.” 하는 긍정적이고 낙천적인 인생관을 지니게 됩니다. 그러나 “기생, 갈보 따위가 사글셋방 한 칸을 얻어달래도 ‘예예’ 하고 따라나서야” 하는 자신의 신세를 한탄하며 서글픈 눈물을 흘리면서 훈련원 시절의 기개 있던 모습을 그리워하기도 한답니다.

안 초시는 서 참의와 대조적인 인물이에요. 그는 현실이 불만족스러워 말끝마다 “젠장” 소리를 하고 하는 일마다 모두 실패해요. 그래서 서 참의의 복덕방에서 시간을 보내고 있지요. “돈만 가지면야 좀 좋은 세상인가.”라고 고백하는 그는, 남들처럼 호화롭게 살기를 바라는 몽상가라 할 수 있습니다. 그는 늘 일확천금을 꿈꿔요. 그래서 박희완 영감이 일러준 소문을 믿고 딸을 부추겨 부동산에 투자하죠. 하지만 그 일마저 실패로 끝나고 말아요. 딸에게 삼천 원을 빌려 투자했던 것인데, 돈을 다 잃게 되자 안 초시는 자살해 버리고 맙니다. 안 초시의 자살은 허황된 꿈을 좇던 인물의 서글픈 결말이라 할 수 있어요.

그런데 물질주의와 자신의 출세에 사로잡혀 있는 안 초시의 딸 안경화는 아버지의 죽음과는 관계없이 자신의 명예를 지키고자 해요. 그래서 호사스러운 장례식을 치르는데, 안 초시의 죽음을 슬퍼하는 서 참의와 박희완 영감은 묘지에 따라가지 않아요. 왜냐하면 안 초시의 딸과 조문객들이 내보이는 허세가 역겨웠기 때문이에요. 두 노인은 친구의 죽음과 인간미 없는 사람들을 보면서 답답함을 느끼고, 그렇게 소설은 끝이 납니다.

계용묵의 〈백치 아다다〉는 1935년 《조선문단》에 발표한 단편소설

이에요. 물질적인 삶을 중시하는 수롱과 인간적인 삶을 바라는 아다다를 통해 삶의 가치를 돌아보게 하는 작품이에요.

김 초시의 딸인 아다다는 벙어리에다 백치로, 원래 이름은 '확실이'예요. 벙어리라서 '아다다'라는 소리만 내기 때문에 '아다다'라고 불립니다. 아다다는 스물여덟 살에 돈 없는 노총각한테 시집가서 죽으라 일만 했어요. 그런 덕에 돈이 좀 모였는데, 그때부터 남편이 구박하기 시작했죠. 그러다 결국 쫓겨나게 되었고, 친정집에 돌아가서도 어머니한테 구박만 받아요. 같은 마을에 살던 총각인 수롱이 아다다를 좋아했는데, 수롱은 아다다를 꼬드겨 그녀와 함께 신미도라는 섬으로 가서 살게 돼요.

수롱은 150원을 가지고 있었는데, 아다다에게 보여주면서 밭을 사겠다고 해요. 그런데 아다다는 돈 때문에 전남편에게 버림받은 일이 떠올라 그리 달갑지 않게 여기죠. 다시 버림받을지도 모른다고 생각했기 때문입니다. 아다다는 불안해서 잠을 못 이루다가, 새벽에 수롱이 보여준 돈뭉치를 들고 나가 바다에 던져버려요. 뒤늦게 돈이 사라진 것을 알게 된 수롱이 급히 아다다를 찾아 나섰지만, 돈뭉치는 이미 저 멀리 파도에 밀려가고 있었습니다. 수영을 못 하는 수롱은 밀려가는 돈뭉치를 그저 쳐다만 볼 수밖에 없었지요. 너무도 화가 난 수롱은 아다다를 발로 차 바다에 빠뜨려 버려요. 그렇게 아다다는 바다에 빠져 죽고 맙니다.

아다다를 좋아했던 수롱은 결국 돈 때문에 아다다를 죽이고 말

왔어요. 수롱에게는 사랑이라는 인간적인 가치보다 돈이라는 물질적 가치가 더 중요했던 걸까요? 불행했던 아다다의 삶과 앞서 〈달밤〉에서 소개한 황수건의 삶이 왠지 겹쳐 보이는 것 같네요.

서로 다른 가치의 충돌과 갈등

〈돌다리〉는 창섭과 아버지의 가치관 차이를 드러내는 방식으로 이야기 전개됩니다. 이러한 가치관의 차이는 저마다 살아온 환경과 추구하는 삶의 방식이 다르기 때문에 생기는 것이겠지요. 창섭은 의전 진학 후 의사가 되어 변화된 세상에 적응하며 살았고, 아버지는 대대로 해왔던 농사일을 하며 땅을 가꾸고 공동체를 위하는 일을 하면서 살았습니다. 그렇게 떨어져 지내는 동안 창섭은 자신의 세상에서 새로운 가치관과 삶의 방식을 지니게 되었을 겁니다. 그리고 그것이 더 나은 삶이라고 생각하게 된 것이지요. 하지만 결국 창섭은 '아버지와 자기와의 세계가 격리되는 일종의 결별의 심사'를 느끼게 됩니다.

서로 다른 가치관의 충돌과 갈등은 예나 지금이나 우리 사회에 늘 존재하는 모습이에요. 그러니 당연히 문학 작품에서도 이러한 소재가 자주 등장합니다. 세대 간의 갈등, 가족 간의 갈등, 서로 다른 가치관의 갈등 등을 다룬 작품들을 한번 살펴볼까요?

염상섭의 《삼대》는 1931년 1월 1일부터 9월 17일까지 《조선일보》에 연재된 장편소설이에요. 이 소설은 서로 다른 가치관을 지닌 삼대

에 걸친 세 인물과 그 주변 인물들이 그려내는 이야기를 담고 있습니다. 일제강점기 경성의 한 중산층 집안을 배경으로 급변하는 시대의 세대 간 대응 양상과 당대의 사회적 현실을 잘 보여주는 작품이지요.

《삼대》는 대지주이자 구세대 인물의 전형인 조 의관, 타락한 개화주의자 조상훈, 의식 있는 청년이지만 소극적이고 우유부단한 조덕기, 사회주의 사상을 지닌 진보적 인물 김병화 등을 중심으로 세대 간의 갈등과 당대를 살아가는 갖가지 삶의 방식들을 사실적으로 보여주고 있습니다.

《삼대》에는 세대 간, 가족 간의 갈등뿐 아니라 계층 또는 가치관의 갈등도 드러나요. 조 의관과 조상훈은 보수와 개화라는 이념적 갈등을 시작으로, 나중에는 유산 상속에 대한 문제로 더욱더 대립하게 됩니다. 조상훈과 조덕기는 도덕적 관념에 대한 문제로 갈등하다가 조 의관이 죽고 나서 재산 문제로 갈등이 심해지죠. 애초에는 이념과 관념이 달라서 갈등을 겪지만, 무엇보다 갈등의 중심에 있는 것은 '돈'인 것 같습니다. 그리고 계층 간 갈등의 중심에는 김병화가 있어요. 사회주의 사상을 가진 김병화는 자본주의 사회에 대한 불만이 가득합니다. 그렇기에 물질을 중시하는 부르주아 계급인 조 의관이나 조상훈을 개혁의 대상으로 여기죠.

김동리의 〈무녀도〉는 1936년 5월 《중앙》에 발표된 단편소설이에요.

개화기 때 경주 부근의 한 시골 마을을 배경으로, 종교적 갈등 때문에 벌어지는 혈육 간의 비극을 다루고 있습니다.

이 소설은 액자식으로 구성되어 있는데, 겉 이야기는 〈무녀도〉라는 그림에 관한 이야기예요. '나'의 할아버지는 서화와 골동품을 좋아하셨는데, 할아버지가 살아 계셨을 때 벙어리 소녀와 그녀의 아버지가 찾아와 〈무녀도〉라는

그림을 그려주고 그 그림에 대한 내용을 들려주었습니다. 그 내용은 이래요.

무녀인 모화는 그녀의 딸 낭이와 집성촌 마을의 허름한 집에서 살고 있었어요. 낭이는 귀머거리였는데 그림을 잘 그렸지요. 낭이의 아버지는 거기서 그리 멀지 않은 해변가에 살면서 혼자 해물을 팔고 있었습니다. 그러던 어느 날, 어릴 때 집을 나갔던 아들 욱이가 돌아와요. 욱이는 모화의 이복 아들인데, 그는 기독교인이 되어 있었어요. 그래서 둘은 종교적으로 갈등을 빚게 됩니다. 서로의 종교를 인정할 수 없어 서로 부딪히다가 결국 모화가 성경을 불태우게 돼요. 이를 막으려던 욱이는 칼에 찔려 죽게 되고요. 그런데 얼마 뒤 이 마을에 교회가 들어서고, 모화는 자신의 세계를 지키기 위해 마지막으로 굿판을 벌이다가 결국 물속에 빠져 죽습니다. 홀로 남은 낭이는 그녀를 데리러 온 아버지를 따라 떠돌게 됩니다.

〈무녀도〉는 우리의 토속신앙이 외래의 신앙인 기독교에 밀려 설 자리를 잃게 되는 과정을 담고 있어요. 이는 당시 기독교가 확산되고 무속 신앙이 쇠퇴하던 현실을 보여주는 것이죠. 〈돌다리〉에서 근대적 가치와 전통적 가치가 부딪히고, 근대적 가치가 확산되어 가는 상황과 비슷하네요.

최일남의 〈흐르는 북〉은 1986년에 《문학사상》에 발표된 중편소설이에요. 북 치는 할아버지와 이를 못마땅하게 여기는 아버지, 그리고 할아버지를 이해하며 두 사람을 화해시키려 하는 손자 사이에서 벌어지는 이야기를 담고 있습니다.

민 노인(민익태)은 젊은 시절에 가족을 돌보지 않고 평생 북을 치며 떠돌아다녔어요. 그러다 나이를 먹고는 집으로 돌아와 아들(민대찬) 집에 얹혀살게 되죠. 아들은 그런 아버지를 못마땅하게 여깁니다. 가족을 내팽개쳤던 아버지가 곱게 보일 리가 없었겠죠. 이와 달리 민대찬의 아들인 민성규는 할아버지가 싫지 않았어요. 그래서 할아버지와 아버지를 화해시키려고 노력하기도 하고, 할아버지에게 자신의 대학교 축제 때 봉산탈춤 공연에서 북을 쳐달라고도 해요. 하지만 민대찬은 아버지가 축제에서 북을 친 사실을 알고는 아들을 나무라며 갈등하게 됩니다. 일주일 뒤 민성규는 시위를 하다가 잡혀가고, 민 노인은 그런 손자에게서 자신의 젊은 시절을 발견하고는 북을 칩니다.

이 소설은 1980년대 서울의 중산층 가정을 배경으로 이야기가 전개돼요. 짧은 이야기 속에 '북'을 소재로 한 가족 간의 갈등, 세속적이고 속물적인 삶과 본원적인 삶의 대비, 할아버지 세대와 손자 세대의 연대 등과 같은 주제 의식을 드러내고 있습니다. 산업화 이후 인간성 상실의 시대를 살아가는 인물들의 다양한 면모를 살필 수 있는 작품이에요.

문학 유산 답사기

수연산방을 다녀와서 1

○○중학교 3학년 이재현

가을꽃들은 아지랑이와 새소리를 모른다. 찬 달빛과 늙은 벌
레 소리에 피고 지는 것이 그들의 슬픔이요 또한 명예이다.

(이태준의 수필 〈가을꽃〉에서)

가을입니다. 걷기 좋은
계절입니다. 그리고 누
군가가 그리운 계절입
니다. 빼어난 단편소설
과 수필 등을 남긴 상
허 이태준. 오늘, 그가
살았던 수연산방을 찾
아가 봅니다.

수연산방은 서울 성북구 성북동에 있습니다. 이태준이 실제로
살았던 집이라고 합니다. '수연산방'은 산속에 모여 책 읽고 공부
한다는 뜻인데, 이태준이 1933년(30세)에 지어 1946년(43세)까지
살았습니다. 이 시기는 이태준이 활발히 창작 활동을 한 시기라,

이곳에서 단편 〈달밤〉, 〈돌다리〉, 중편 〈코스모스 피는 정원〉, 장편 《왕자 호동》, 《황진이》 등을 썼다고 합니다.

수연산방은 별채 없이 안채와 사랑채가 결합된 본채로만 이루어져 있습니다. 서울특별시 민속문화재 제11호인 수연산방은 1900년대 개량 한옥의 요소들을 잘 갖추고 있는 중요한 민속 자료입니다. 현재 이곳은 이태준의 외종 손녀가 전통찻집으로 운영하고 있습니다.

순수문학을 지향했던 단체인 구인회에서 활동한 이태준은 이곳에서 이상, 김유정, 박태원 등 우리에게 매우 잘 알려진 작가들과 문학적 교감을 나누었다고 합니다. 과거에 이곳에서 내로라하는 유명 작가들과 함께 있었다고 하니, 새삼 이 공간이 역사적인 느낌으로 다가왔습니다. 이 공간을 통해 과거와 현재가 묘하게 뒤섞여 있는 느낌이 들어 신비로웠습니다.

수연산방의 정원은 작지만 아름다움이 가득합니다. 그 소탈한 아름다움을 감상하고 있으면 이태준의 수필집 《무서록》에 담겨 있는 경험과 성찰이 자연스레 떠오릅니다. 특히 저는 〈파초〉라는 수필이 생각났습니다.

지나는 사람마다 "이렇게 큰 파초는 처음 봤군!" 하고 우러러
보는 것이다. (중략)

파초는 언제 보아도 좋은 화초다. 폭염 아래서도 그 푸르고
싱그러운 그늘은 눈을 씻어줌이 물보다 더 서늘한 것이며, 비
오는 날 다른 화초들은 입을 다문 듯 우울할 때 파초만은 은
은히 빗방울을 퉁기어, 주렴 안에 누웠으되 듣는 이의 마음
에까지 비를 뿌리고도 남는다. 가슴에 비가 뿌리되 옷은 젖
지 않는 그 서늘함. 파초를 가꾸는 이 비를 기다림이 여기 있
을 것이다.

〈파초〉에서

이렇게 이태준 작가가 살았던 수연산방 곳곳에 묻어 있는 그의
흔적을 돌아보면서, 그가 남겨놓은 작품들을 한번 읽어봐야겠다
는 생각이 들었습니다. 그리고 문학과 역사를 마주할 수 있는 공
간이 흥미로웠고, 이런 공간을 좀 더 찾아가 보고 싶다는 생각도
들었습니다.

수연산방을 다녀와서 2

○○고등학교 1학년 김○○

성북동이 배경인 이태준의 소설 〈달밤〉. 동아리 시간에 이태준의 〈달밤〉을 같이 읽고, 이 소설이 탄생한 곳을 찾아가 보기로 했다. 동아리 회원 12명과 선생님, 이렇게 우리는 5월 어느 화창한 토요일 아침에 4호선 한성대입구역 6번 출구에서 모였다. 지금은 전통찻집으로 운영되고 있는 상허 이태준의 가옥인 수연산방을 찾아가기 위해서였다. 이곳은 '구인회'의 일원인 이태준 작가가 많은 문학 작품을 집필한 곳이기도 하다.

　버스에서 내려 성북동 길을 조금 올라가니 쌍다리길이 나왔다. 쌍다리길에서 다시 오른쪽으로 꺾어 걷다 보면 '성북구립미술관'이 있고, 그 오른편에 한옥 한 채가 있었다. 이 집이 이태준의 옛집 '수연산방'이다.

　'수연산방'은 '문인들이 모이는 산속의 작은 집'이라는 뜻이며,

추사 김정희의 글씨를 모아서 만든 현판이 걸려 있었다. 수연산방은 현재 이태준의 외종 손녀가 전통 찻집으로 운영하고 있다. 이태준은 우리 문학사에서 '우리 근대문학의 완성자'

또는 '단편 문학의 명수', '한국의 모파상'이라는 수식어가 늘 따라다니는 작가이다. 구인회의 일원인 이태준은 1933년부터 월북하기 전까지 이곳에서 살면서 〈달밤〉, 〈돌다리〉, 〈코스모스 피는 정원〉, 〈황진이〉 등 많은 작품을 집필했다고 한다. 수연산방에 있는 구인회 북카페에 앉아 아기자기하게 꾸며놓은 뜰을 보며 차를 마시다 보니 이태준과 구인회 문인들을 직접 만나는 기분을 느낄 수 있었다. 선생님께서 들려주신 구인회 문인들에 대한 일화도 아주 인상적이었다.

한적하고 멋스럽고 고풍스러운 수연산방은 전날 비가 온 덕에 더욱 깨끗해져, 아름다운 자연과 맑은 하늘을 감상할 수 있는 소중한 시간을 만들어주었다. 안을 걷다가 잠시 멈춰서 수연산방 정원에 핀 꽃을 보며 향기도 맡아 보았다.

동아리 회원들과 함께 이태준 작가의 발자취를 돌아보면서, 동아리 회원들과 더 친해진 것 같아 더 좋았다. 오늘의 문학 탐방은 나에게 사색의 시간도 안겨주었다.

성북동은 한양 도성의 북쪽 마을이라 불리는 곳으로 옛사람의 정취와 문학이 가득한 곳이었다. 서울의 주위를 둘러싸고 있는 서울 성곽도 볼 수 있다. 다음에 성북동에 또 오게 된다면 한용운이 1933년부터 1944년까지 살았던 '심우장'과 김광섭의 〈성북동 비둘기〉의 배경이 된 곳도 찾아가 보고 싶다.

참고 문헌

도서
박윤재,《한국 근대의학의 기원》, 혜안, 2005
백창화 외,《가업을 잇는 청년들》, 남해의봄날, 2013

연구 논문
김근배,〈일제강점기 조선인들의 의사 되기〉,《의사학》 23권 3호, 대한의사학회,
2014
김학찬,〈중등 교과서에 수록된 한국현대소설의 아버지 양상 연구〉, 고려대 박사
학위논문, 2020
장근호,〈개항에서 일제식민통치로부터의 해방까지 이비인후과학의 도입과 전개
과정〉, 서울대 박사학위논문, 2008

선생님과 함께 읽는 **돌다리**

1판 1쇄 발행일 2024년 4월 29일

지은이 서울국어교사모임

발행인 김학원
발행처 (주)휴머니스트출판그룹
출판등록 제313-2007-000007호(2007년 1월 5일)
주소 (03991) 서울시 마포구 동교로23길 76(연남동)
전화 02-335-4422 **팩스** 02-334-3427
저자·독자 서비스 humanist@humanistbooks.com
홈페이지 www.humanistbooks.com
유튜브 youtube.com/user/humanistma **포스트** post.naver.com/hmcv
페이스북 facebook.com/hmcv2001 **인스타그램** @humanist_insta

편집책임 문성환 **편집** 윤무재 **디자인** 김태형 차민지 반짝공 **일러스트** 민은정
용지 화인페이퍼 **인쇄** 청아디앤피 **제본** 민성사

ⓒ 서울국어교사모임, 2024

ISBN 979-11-7087-149-1 44810